IL GRANDE LIBRO DEL CALENDARIO DELL'AVVENTO PER BAMBINI

-

24 STORIE DI NATALE DA LEGGERE AD ALTA VOCE

Una storia al giorno fino alla vigilia di Natale

Ines Laurent

Prima edizione originale

Avviso legale:

Felix Alfred Fritz Seifert

Transversal 74 #2-15

050031 Medellín

Colombia

Ci auguriamo che la lettura di questo libro vi piaccia!

IL GRANDE LIBRO DEL CALENDARIO DELL'AVVENTO

PER BAMBINI

CONTENUTO

1 dicembre: il destino degli abeti

In una bellissima foresta, da qualche parte nel nord Europa, ci sono centinaia di abeti. Alcuni di essi sono particolarmente grandi e dritti, mentre altri non sono così magnifici, ma comunque belli a modo loro.

Ma tutti gli abeti hanno una cosa in comune: non vedono l'ora che arrivi il Natale! Gli abeti considerano il loro destino quello di essere un bellissimo albero per le persone e di rendere il Natale ancora più speciale.

In una radura, un abete particolarmente piccolo grida di gioia: „Il Natale sta arrivando! Finalmente tutti noi realizzeremo il nostro destino! Sono già molto emozionato!"

Due grandi abeti si guardano e ridono.

„Tu, piccolo abete, compirai il tuo destino? Ne sei sicuro?", sogghigna uno di loro.

„Non credo proprio, basta guardare quanto è piccolo e storto!", ammicca l'altro abete.

Il piccolo abete è incerto: „Che cosa intendi dire? Cosa stai cercando di dirmi?", chiede un po' timidamente.

„Beh, nessuno ti sceglierà e la forestale lo sa bene. Per questo non ti abbatterà e resterai qui nella foresta".

„Tutto solo?", chiede il piccolo abete.

„Sì, tutto solo, o vedi altri piccoli abeti qui?", chiede l'unico grande albero.

E, in effetti, il piccolo abete non può che vedere abeti molto più grandi. Questo la rattrista, perché non vedeva l'ora di trovarsi presto in un caldo salotto e di festeggiare il Natale con una grande famiglia. Mentre i grandi continuano a prendersi gioco di lui, il piccolo abete ha dei bei pensieri e cerca di non pensare al suo brutto destino.

Ma le cose sarebbero andate diversamente. Dopo che la guardia forestale si era già recata nella foresta per contrassegnare gli abeti magnificamente cresciuti per l'abbattimento, tutti hanno avuto una grande sorpresa. Nessuno se lo aspettava davvero! Si scatena un forte temporale che attraversa la foresta. I rami e i tronchi dei grandi abeti gemono e si spezzano. Il piccolo abete, tuttavia, non viene quasi minimamente sferzato dal vento.

„Non posso resistere ancora a lungo!", ruggisce uno degli enormi abeti. Lo stesso abete che prima si prendeva gioco del piccolo.

„Aspettate! La tempesta finirà presto!", grida il piccolo abete. Poi si sente il rumore del legno che si spezza nella foresta. Con un rumore assordante, alcuni grandi abeti si spezzano e cadono a terra.

La tempesta è passata. La foresta è nel caos: molti alberi si sono spezzati. Ma non tutti! Oltre al piccolo coraggioso, anche diversi grandi abeti sono sopravvissuti alla tempesta. Il piccolo abete è triste per il fatto che alcuni dei suoi compagni non ce l'hanno fatta.

Il giorno dopo inizia la pulizia. Il guardaboschi e i suoi aiutanti caricano gli alberi caduti su una grande macchina. Poi il guardaboschi si avvicina al piccolo abete e gli parla direttamente: „Ho già trovato una famiglia adatta a te! All'inizio pensavo che saresti diventato legna da ardere. Ma sei perfetto per mio nipote Tom!".

Il piccolo abete si chiede cosa significhi tutto questo. Certo, è totalmente emozionato. Così, quando il guardaboschi torna con un'ascia, lo taglia con cura e lo ripone sul carro, lui è felicissimo.

„Finalmente!", pensa tra sé e sé.

„È bellissimo!" Il piccolo abete si ritrova in un salotto addobbato per il Natale e nota che anche Tom è in procinto di decorarlo a festa. Tom è un bambino di sette anni su una sedia a rotelle. Ecco perché il piccolo abete è perfetto per Tom, che può decorarlo fino in cima, cosa che non sarebbe stata possibile con un albero grande. Ma ora il piccolo abete risplende in tutto il suo splendore.

Non riesce a immaginare una celebrazione più bella ed è molto felice di poter accompagnare Tom e la sua famiglia nel periodo natalizio.

L'insegnamento di questa storia: essere diversi non è un male e può addirittura avere dei vantaggi.

2 dicembre: le renne e la loro interessante usanza

Il Polo Nord è un luogo molto frequentato. Babbo Natale e i suoi elfi, che lo aiutano a produrre giocattoli ogni anno, hanno molto da fare.

Nel frattempo, le renne si sono messe comode nella stalla. Parlano dell'avvicinarsi del Natale. Dove andranno per prime questa volta? Nessuno lo sa ancora, perché Babbo Natale annuncia la sua decisione solo quando la slitta si allontana nella notte.

Da molti anni le renne hanno una tradizione che dà loro grande piacere. E cioè che si fanno sempre scommesse su dove Babbo Natale darà per primo i regali ai bambini.

„Credo che quest'anno inizieremo in Arabia", ipotizza la renna Roland. Gli altri si guardano stupiti.

„Arabia?", chiede Robert.

„Roland, in Arabia non si festeggia il Natale. Quindi penso che possiamo escludere questa regione come prima tappa del nostro viaggio". Naturalmente, il saggio Robert ha ragione.

„Va bene, Robert, può essere così. Ma cosa ne pensate? Dove distribuiremo i regali quest'anno?", risponde Roland.

„Credo che prima voleremo in Canada“, dice Renate attraverso la stalla.

„È lì che siamo andati per primi l‘anno scorso, e sapete che Babbo Natale non vola mai nella stessa regione per due volte di seguito“, interviene Rudolf.

„Procediamo in modo strutturato. Ognuno scrive il proprio consiglio e il proprio nome su un pezzo di carta“.

Si agita nella stalla mentre le renne scrivono ciascuna il proprio suggerimento su un pezzo di carta.

Rudolf raccoglie tutti i pezzi di carta e li mette in un sacchetto che porta al collo.

„Presto ne sapremo di più!“, dice alle altre renne.

Allora il giorno è finalmente arrivato. La slitta di Babbo Natale è pronta, le renne sono pronte e ansiose di vedere dove le porterà il viaggio.

„Andiamo, mie care renne!“ annuncia Babbo Natale in tono solenne. E poi le renne si allontanano nella notte. Dopo un po‘, Babbo Natale fa segno alle renne di abbassare l‘altitudine.

„Guardate! Vedete le piramidi? Sembra che stiamo sorvolando l‘Egitto in questo momento!“, annuncia Rudolf ai suoi amici. E infatti, le piramidi sono visibili in lontananza. In effetti, in Egitto esiste una comunità cristiana, che Babbo Natale non dimentica, ovviamente.

Quando finalmente tutti i regali sono stati distribuiti e Babbo Natale e le sue renne sono tornati al Polo Nord, viene finalmente scelto il vincitore. Una volta nella stalla, Rudolf apre il sacchetto con tutti i foglietti. Quest'anno, infatti, nessuna delle renne è riuscita a dare il suggerimento giusto, ovvero „Egitto". Anche Roland, che all'inizio aveva una buona idea, cioè l'Arabia, si è sbagliato perché si è lasciato trascinare sulla strada sbagliata.

„Allora, chi riceve il premio?", chiede Regina alla renna.

„Propongo quanto segue: il primo premio, come sempre, è che la renna vincitrice potrà viaggiare in testa. Ma visto che non c'è un vincitore, dovremmo chiedere a Babbo Natale se possiamo fare a turno l'anno prossimo. In questo modo, ogni renna potrà cavalcare proprio davanti!".

Babbo Natale è d'accordo e così ogni renna diventa la vincitrice! Non vedono l'ora che arrivi il prossimo Natale.

La lezione di questa storia: il Natale è la festa dell'amore e si celebra in tutto il mondo.

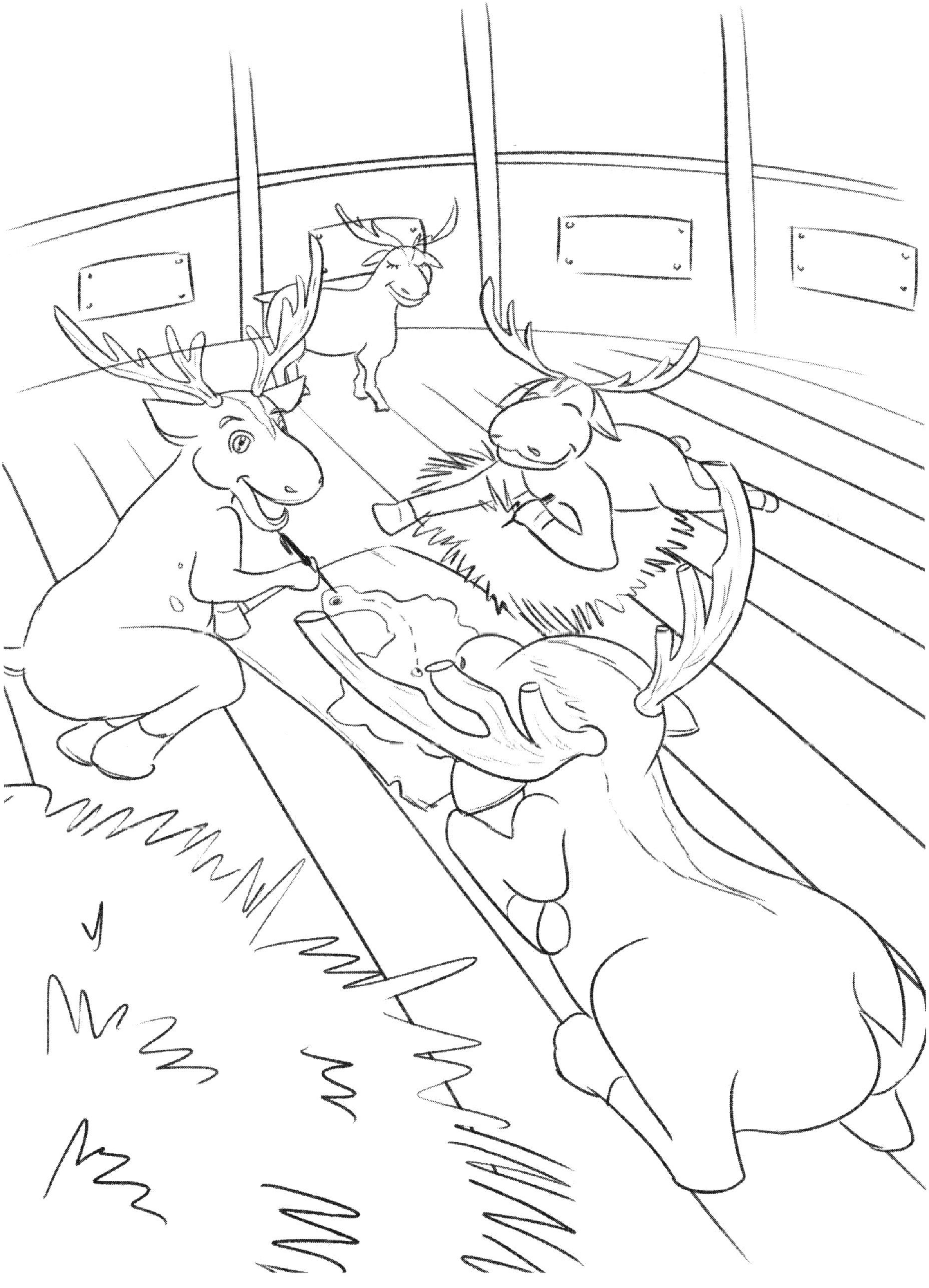

3 dicembre: la macchina dei giocattoli è danneggiata

La grande fabbrica di giocattoli al Polo Nord è in piena attività. Ci sono elfi dappertutto, che corrono tra i regali finiti, incartano i regali, azionano le grandi macchine di produzione o semplicemente si prendono una pausa per mangiare il delizioso pan di zenzero che Babbo Natale sta preparando per tutti nella sua casa.

Tutto va secondo i piani e se non c'è nulla da fare, gli elfi possono prendersi una vacanza e riposare una settimana prima del 24 dicembre: dopotutto, produrre milioni di regali non è esattamente un gioco da ragazzi. Ma gli elfi amano il loro lavoro e intonano bellissime canzoni di Natale mentre lo fanno. Anche Babbo Natale canta sempre quando si ferma alla fabbrica di giocattoli per controllare che tutto vada secondo i piani.

Oggi Babbo Natale vuole sapere se i regali per i bambini particolarmente educati sono già pronti. Questi, ovviamente, hanno la massima priorità, perché, come dice spesso Babbo Natale al suo Babbo Natale segreto: „La diligenza dovrebbe essere premiata, proprio come il buon comportamento". Ecco perché Babbo Natale fa sempre in modo che i regali per i bambini più educati vengano prodotti per primi. Ma naturalmente anche i bambini più educati non ricevono i regali prima del 24 dicembre.

„Flippi, puoi dirmi se i regali per Tayo dal Sudafrica, Juan dalla Colombia, Sarah dalla Germania e Astrid dalla Svezia sono già pronti?“. Flippi, un piccolo elfo, ci pensa, corre all‘altro capo della fabbrica di giocattoli e torna indietro.

„Babbo Natale, i regali sono tutti pronti, tranne la bicicletta per Astrid“.

„Bene, Flippi! Potresti fare in modo che la bicicletta per la piccola Astrid sia pronta al più presto?“, chiede Babbo Natale all‘elfo con il suo tono calmo e amichevole.

„Sì, lo farò, caro Babbo Natale!“, gli assicura Flippi. Babbo Natale è molto soddisfatto, saluta il suo Babbo Natale segreto e parte per casa sua. Lì, innumerevoli liste di desideri da tutto il mondo lo stanno ancora aspettando.

Torniamo alla fabbrica di giocattoli: Flippi sta azionando la grande macchina.

Ha già raccolto tutti i pezzi per la bicicletta e ora tocca alla grande macchina di produzione assemblare i pezzi in una bella bicicletta per Astrid. Naturalmente, non si tratta di una macchina normale! È stata costruita molti anni fa da Babbo Natale e dagli gnomi ed esiste così solo al Polo Nord.

Flippi inserisce le singole parti della bicicletta nella macchina. Ma all‘improvviso si sente un forte rumore. Flippi ha fatto cadere un cacciavite nella macchina giocattolo, che inizia a rimbombare rumorosamente e tutte le luci che normalmente brillano di verde diventano improvvisamente rosse! Dalla macchina giocattolo esce del fumo.

„Flippi, che cosa hai fatto?“, gridano in coro i folletti.

„Un cacciavite è caduto nella macchina!" risponde Flippi, infastidito dall'inconveniente.

Poi Babbo Natale appare sulla porta. In realtà, Babbo Natale è la personificazione della calma, ma ora anche lui è nervoso. Certo, conosce a memoria i piani di costruzione della macchina giocattolo, ma prima non era mai stato necessario ripararla.

„Flippi, non devi aver prestato attenzione. Ora dobbiamo trovare rapidamente una soluzione", afferma Babbo Natale.

Babbo Natale e una manciata di elfi armeggiano con la macchina e rimuovono alcune viti per poter guardare all'interno. Il cacciavite deve essere incastrato da qualche parte e bloccare tutto. Ma anche per gli elfi, l'apertura nella macchina dei giocattoli è troppo piccola. Nessuno può strisciare dentro e tirare fuori il cacciavite. Flippi, tuttavia, che sta osservando tutto da vicino, ha un'idea.

„Lasciatemi fare una prova. Sono un po' più piccolo di voi e vorrei rimediare al mio errore".

„Sei stato bravo, Flippi!". Karl il folletto dà una pacca sulla spalla a Flippi e anche gli altri applaudono.

„Ottimo, Flippi!", si rallegra anche Babbo Natale. Poi fa un passo verso la macchina giocattolo e preme il pulsante di accensione. Si sente un breve rumore, le luci passano prima al giallo e poi al verde. Tutti sono sollevati! E la macchina dei giocattoli sputa fuori la bellissima bicicletta per la piccola Astrid, dalla Svezia.

„Sono sicuro che Astrid sarà molto contenta della bicicletta!", dice Babbo Natale.

„Ma ora, cari elfi, fate prima una breve pausa e poi, per favore, continuate il vostro lavoro: c'è ancora molto da fare".

La lezione di questa storia: anche se qualcosa non va bene, non bisogna abbassare la testa. Mantenete invece il sangue freddo e troverete sicuramente una soluzione in tempi brevi!

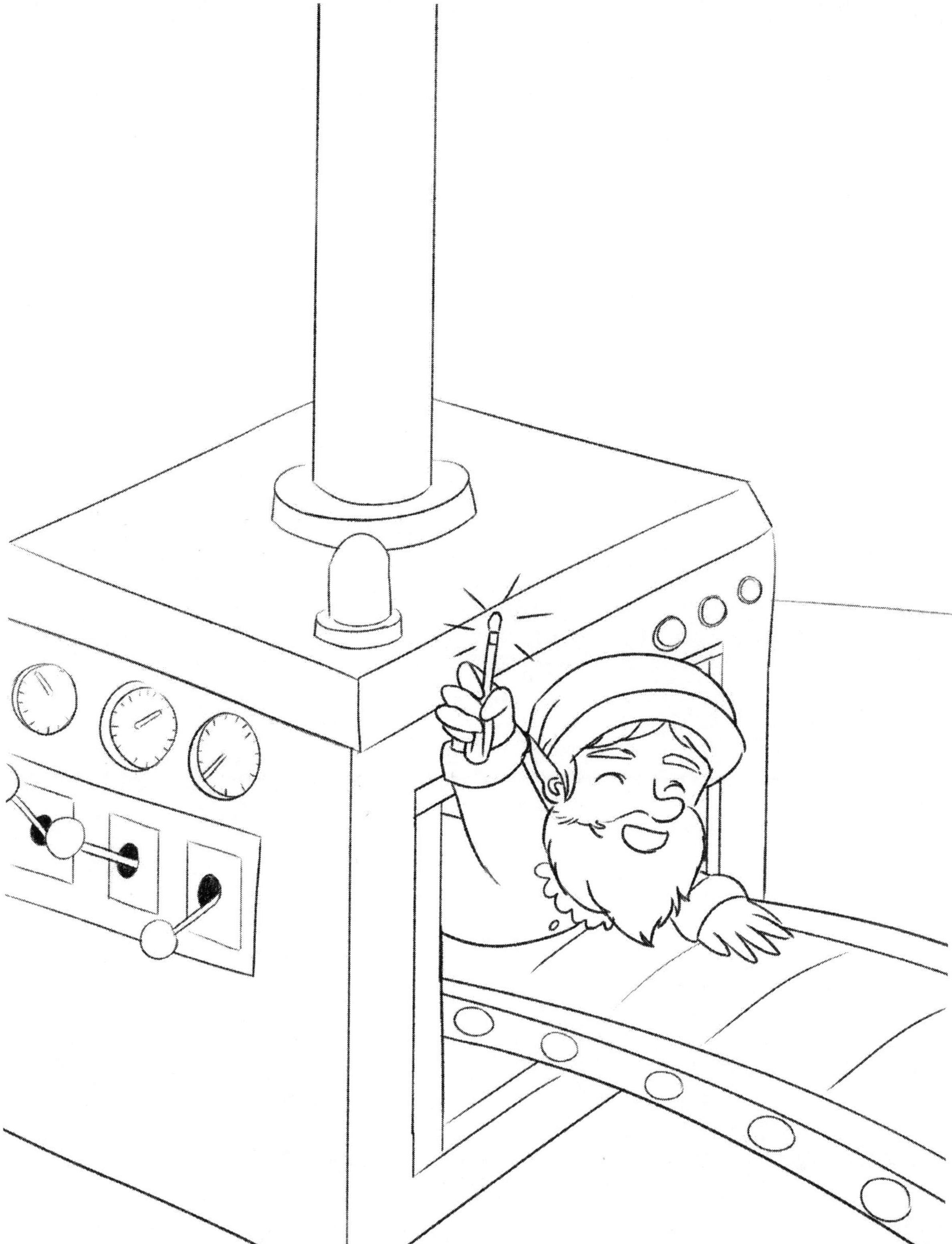

4 dicembre: Max, Leo e un bellissimo albero di Natale

„Finalmente!", pensa Max tra sé e sé. È finalmente arrivato il giorno in cui si reca alla bancarella dell'albero di Natale con i genitori e il fratellino. È già molto emozionato perché i suoi genitori gli hanno promesso che quest'anno sarà lui a scegliere l'albero e a decorarlo.

Dopo la colazione e dopo che Max e il piccolo Leo hanno aperto le porte del loro calendario dell'Avvento, il padre grida: „Leo, Max, stiamo per partire! Per favore, scendete e mettite già le scarpe". I fratelli si precipitano giù per le scale; si sono già messi le scarpe e sono in piedi davanti alla porta pronti ad andare.

„Oggi siete velocissimi, ragazzi miei!", dice ridendo. Sa che Max è emozionato perché può scegliere l'albero di Natale per la prima volta. Anche Leo, che spesso emula il fratello maggiore, è pieno di aspettative.

Il padre sta liberando l'auto dalla neve e dal ghiaccio - è un dicembre freddo e la famiglia spera in un bianco Natale - e aspetta il resto della famiglia. Max e Leo sono pronti e anche la madre ha indossato il suo spesso cappello di lana e si affretta a uscire dalla porta.

„Bene, ci siamo! Non vedo l'ora di vedere cosa sceglierete per l'albero di Natale, ragazzi!", dice la madre. Max è un po' sorpreso.

„Sceglierete?“, si chiede. Pensava che solo a lui fosse consentito scegliere l‘albero di Natale, ma ora la situazione è completamente diversa. Questo dà fastidio a Max, che non vedeva l‘ora di assumersi un po‘ di responsabilità.

„Cosa c‘è, Max?“ chiede la madre, che si accorge che sta guardando fuori dal finestrino dell‘auto con aria stizzita.

„Tu e papà avete detto che quest‘anno potevo scegliere io l‘albero. Ora pensate che io e Leo dovremmo farlo insieme“, interviene Max.

„Sono sicuro che farete entrambi un ottimo lavoro e quindi non voglio discussioni, ok?“, ammonisce il padre.

L‘auto è parcheggiata e la famiglia si trova davanti a un enorme piazzale con innumerevoli abeti di tutte le dimensioni.

„Wow, quanti abeti!“, si meraviglia il piccolo Leo. È la prima volta per lui. Prima era troppo piccolo per venire con noi e vedeva l‘albero di Natale solo quando era già in piedi nel salotto di casa.

Leo corre via e scompare tra gli alberi.

„Max, per favore, accompagna il tuo fratellino e scegliamo insieme l‘albero di Natale“, gli chiede il padre. A malincuore, Max corre dietro al fratellino. Lo trova in piedi davanti a un piccolo abete.

„Voglio quello!“, esclama Leo.

„No, è troppo piccolo e alto quanto te! Voglio un grande albero di Natale come questo!". Max indica un albero enorme, alto probabilmente due metri.

„Non mi piace!", brontola Leo. Max è infastidito dal fatto che suo fratello non abbia idea di come dovrebbe essere un bell'albero di Natale. Tuttavia, si rende conto che deve trovare un accordo con Leo: dopotutto, è il suo fratellino e gli vuole bene. Inoltre, altrimenti ci saranno problemi con il padre.

Max suggerisce a Leo: „Leo, tu ne vuoi uno piccolo, mentre io voglio un albero di Natale grande. Che ne dici se ci mettiamo d'accordo e scegliamo un albero che non sia enorme, ma nemmeno così piccolo?".

Leo riflette un attimo e poi dice: „Ok, Max! Mi piace!" E i due si sono già accordati per il bellissimo abete di medie dimensioni.

„Tu fai la guardia all'albero, vero Leo? E io chiamo subito papà per dirgli che abbiamo deciso". Max scappa e torna poco dopo con il padre, che è già entusiasta di vedere che tipo di abete hanno scelto i suoi figli.

„Avete fatto un ottimo lavoro! Le dimensioni sono perfette, perché se l'albero fosse stato molto più grande non sarebbe entrato nel nostro salotto. E come è cresciuto meravigliosamente: avete fatto davvero un ottimo lavoro, ragazzi miei! Sono molto orgoglioso di voi e sono felice che abbiate accettato!".

Max mette un braccio sulla spalla di Leo e dice:

„Certo, papà! In fondo siamo fratelli e ci vogliamo bene! Non vedo l'ora di decorare l'albero insieme a Leo!", dice Max.

L'insegnamento di questa storia: non bisogna sempre insistere sulla propria opinione, ma essere sempre disposti a scendere a compromessi, soprattutto quando ci sono divergenze di opinione in famiglia!

5 dicembre: Bianco Natale

I fiocchi di neve vivono molto in alto nel cielo. Nei caldi mesi estivi sono invisibili. Poi, quando si avvicina l'inverno, si preparano a cadere dal cielo - temperatura permettendo - e regalano alla gente città e paesaggi bianchi.

Anche quest'anno i fiocchi di neve aspettano con ansia che la temperatura scenda sotto lo zero per poter finalmente cadere dal cielo. Dopotutto, questa è la più grande gioia possibile per ogni fiocco di neve. Ma negli ultimi anni non è quasi mai stato abbastanza freddo. È quasi come se il tempo fosse cambiato. Ed è proprio così! Il riscaldamento globale sta rendendo sempre più difficile il lavoro dei fiocchi di neve.

A metà dicembre, Inge, il fiocco di neve, chiede ai suoi simili:

„Qualcuno di voi ha idea se finalmente quest'inverno tornerà a fare abbastanza freddo? Vorrei regalare alla gente un bianco Natale".

„Nessuno lo sa veramente", risponde Peter, il fiocco di neve.

„Sono due anni che aspetto che finalmente faccia abbastanza freddo!", esclama un altro fiocco.

Così i fiocchi di neve non hanno altra scelta che aspettare e sperare che alla fine faccia più freddo. Fino alla vigilia di Natale - i fiocchi di neve sono ben informati - mancano solo pochi giorni.

„Cari fiocchi di neve, purtroppo non ho buone notizie per voi!“ annuncia Helga, la capa dei fiocchi di neve.

„Sembra che dovremo rimanere qui anche questo Natale. Non fa abbastanza freddo e ci scioglieremmo ancora nell'aria“. Helga è depressa, perché era sicura che quest'anno sarebbe andato tutto bene.

Purtroppo i fiocchi di neve si ritirano. Alcuni sono addirittura così depressi che non riescono più a resistere, precipitano verso il suolo e si sciolgono mentre sono ancora in aria. Se solo avessero resistito qualche giorno in più e avessero aspettato pazientemente...

Infatti, quando il 24 dicembre Helga arriva all'improvviso nel primo pomeriggio e annuncia una buona notizia, tutti sono fuori di sé dalla gioia. Helga chiama i suoi simili:

„Fiocchi di neve, sbrigatevi! C'è un fronte nuvoloso che sta arrivando dietro di noi portando altri fiocchi e noi possiamo unirci a lui!“.

„Non fa ancora troppo caldo?“ chiede un ansioso fiocco di neve che non vuole assolutamente sciogliersi già nell'aria.

„Non preoccuparti, ho controllato, la temperatura è già scesa a 1°C e dovrebbe scendere ulteriormente nelle prossime ore“.

I fiocchi di neve aspettano ancora il comando di Helga, perché è lei a decidere se e quando possono cadere dal cielo e far nevicare. Ha il compito di garantire che i suoi cari fiocchi di neve rimangano a terra per almeno qualche ora.

Poi arriva il comando: „Andiamo, miei cari! Neve a terra e regaliamo finalmente alla gente un nuovo bianco Natale!". Gli altri fiocchi di neve non hanno bisogno di essere avvertiti due volte e scendono dal cielo verso terra. Nevica come non accadeva da tempo e in pochi minuti tutto è bianco. I fiocchi di neve coprono i rami degli alberi spogli, si annidano sui tetti delle case e delle auto e rapidamente molti bambini sono per le strade. Giocano con entusiasmo, costruiscono palle di neve e pupazzi di neve e fanno angeli di neve.

È una vera festa e questo rende felici i fiocchi di neve. Inge, Helga, Peter e gli altri si godono le risate dei bambini e sono particolarmente felici che quest'anno il Natale bianco abbia funzionato. Sanno esattamente quanto la gente pensa che sia bello!

La lezione di questa storia: preoccuparsi troppo non aiuta e peggiora solo le cose. Siate pazienti e di buon umore!

6 dicembre: la storia di San Nicola

Oggi è il 6 dicembre e per molti, molti anni è stato il giorno di San Nicola. È il momento in cui Babbo Natale passa e riempie le scarpe (ben lucidate) dei bambini buoni con dolci e regalini. Ma partiamo dall'inizio e facciamo un piccolo viaggio nel tempo che ci porterà centinaia di anni - sì, anche più di 1.800 anni - nel passato. A quel tempo, infatti, viveva San Nicola.

Aveva ereditato dei beni dai genitori ed era quindi un uomo ricco. In seguito, dimostrò di essere anche un uomo giusto e buono. Una sera, mentre camminava per strada, sentì qualcosa. Non poté fare a meno di sentire che un padre era disperato. Poiché questo padre aveva debiti con il suo datore di lavoro, che non poteva pagare a causa di problemi economici, avrebbe dovuto pagare con le sue figlie. Probabilmente non le avrebbe più riviste e sarebbero state condannate a una vita di duro lavoro.

Ma Nicola, curioso e di buon cuore com'era, non esitò un attimo. Corse a casa, aprì il grande scrigno in cui teneva le sue ricchezze e ne estrasse delle monete d'oro. Le mise in un sacco in pochissimo tempo.

Poi Nicola corse subito a casa. Si sentiva ancora il padre rimproverare ad alta voce e preoccuparsi per il benessere delle figlie. Ma all'improvviso si udì un „plop!" e un „clang". Il padre aveva quasi ricevuto un grosso sacco di soldi in mezzo alla testa. Babbo Natale aveva lanciato il sacco di monete d'oro attraverso la finestra aperta. Nessuno si era fatto male, ma il padre aveva gridato di gioia e felicità. Le monete d'oro erano sparse per tutta la stanza e lui non riusciva a credere alla loro fortuna.

„Da dove viene tutto questo oro, mie care figlie? Se fosse nostro, allora potremmo stare tutti insieme!".

„Sembra che sia volato attraverso la finestra, padre", rispose una delle figlie.

„Dovrò dare un'occhiata più da vicino!" esclamò il padre e si affrettò a uscire dalla porta.

E San Nicola era ancora lì, incapace di resistere all'attesa. Non perché volesse essere ringraziato per la sua buona azione. No. Voleva solo vedere i volti felici delle persone che aveva aiutato. E li vide quando prima entrò in strada il padre e poco dopo le figlie.

„Non c'è niente di meglio che aiutare gli altri e portare vera gioia!

Non c'è niente di meglio che aiutare gli altri e dare loro una vera gioia", pensò San Nicola, guardando i volti felici, grati e sollevati.

Il padre riconobbe subito Nicola e capì che viveva nella grande casa in fondo alla strada. Cadde in ginocchio davanti a lui e lo ringraziò implorante.

„Alzati, non c'è bisogno di ringraziarmi. Sono stato felice di farlo".

La piccola famiglia non dimenticò mai San Nicola e la sua buona azione, e nemmeno noi. Anni dopo, San Nicola fu nominato vescovo e compì altre buone azioni.

Per questo motivo il 6 dicembre si festeggia sempre il giorno di San Nicola.

La lezione di questa storia: l'altruismo paga.

7 dicembre: animali in regalo

Rex è un cucciolo di Golden Retriever che ha recentemente trovato una casa con una famiglia. Tutto è ancora molto nuovo ed emozionante per lui. Passa il tempo annusando, esplorando la casa e il giardino. Ama giocare per ore con Ina, la figlia di sette anni della sua nuova famiglia. Si sente amato e viene coccolato, accarezzato e viziato da tutti.

Ma c'è un altro animale che vive nella casa di famiglia. Un grosso gatto persiano bianco di nome Mischi. Di solito Mischi si sdraia pigramente e fa le fusa da solo. Finora ha abilmente ignorato Rex, non lo guarda nemmeno. Questo è in realtà comprensibile, dato che Rex ora riceve tutte le attenzioni della famiglia e il povero Mischi non ne riceve quasi nessuna. Ma naturalmente il piccolo Rex non se ne accorge e si chiede continuamente perché il gatto sia così sprezzante nei suoi confronti. Una volta gli ha persino soffiato contro, anche se Rex voleva solo giocare.

Questo è andato avanti per diverse settimane. Un giorno la famiglia inizia a decorare la casa. Fiocchi dorati e rossi sono appesi ovunque insieme a - pensa Rex - strane lucine. Durante le sue passeggiate quotidiane, il giovane cane nota anche che le case sono decorate. Anche qui si aggirano queste strane lucine e tutto brilla di una luce giallastra.

„Cosa sta succedendo qui?", si chiede Rex.

„La gente sta impazzendo adesso?". Poi pensa a chi potrebbe aiutarlo. Neanche il suo amico Tiger, il cane dei vicini e anch'egli un cucciolo, lo sa. Rex pensa bene a chi potrebbe aiutarlo. Mischi, forse? Il vecchio gatto brontolone?

„Mi chiedo se mi aiuterà. Mischi non vuole nemmeno giocare con me", pensa Rex. Ma poi decide di fare un tentativo con Mischi. Siccome sa esattamente quanto il gatto ami mangiare e dove sono nascosti i suoi bocconcini, aspetta pazientemente. E aspetta che Ina apra la credenza in cucina. Prima che la porta si chiuda, Rex tiene la zampa destra tra loro. Poi annusa il cibo per gatti ed estrae con cura due grossi bocconcini dalla confezione.

„Mischi?", chiede.

„Posso disturbarti un attimo?". Mischi non risponde, ma Rex è sicuro che lo abbia sentito. I gatti hanno buone orecchie e sono nella stessa stanza. Ma sembra ignorarlo.

„Mischi, ti ho portato una cosa!". Il gatto, sdraiato su un cuscino del divano, non si muove nemmeno un po'.

„Peccato, pensavo che questi dolcetti ti piacessero tanto. Ma se mi sono sbagliato, me li mangio da solo".

Poi Mischi salta letteralmente in piedi: „Fermati, giovane cane! Non mangerai i miei dolcetti!", sibila Mischi.

„Tranquillo, ma vuoi dirmi cosa sta succedendo qui da giorni? Tutto è addobbato e c'è un albero in salotto: non capisco!", dice il cucciolo.

„Se fossi in te, farei attenzione a non fare la pipì sull'albero in salotto", ammicca il gatto. „Ora dammi i dolcetti e ti dirò cosa sta succedendo", promette.

Dopo che Mischi ha mangiato allegramente entrambi i bocconcini di fila e si è leccato le zampe, guarda Rex dritto negli occhi e gli spiega: „Rex, è il periodo natalizio. Ogni anno, a dicembre, si festeggia il Natale. Si fanno regali, si mangia molto e si trascorre del tempo in famiglia. Perché lo facciano, non so dirlo nemmeno io". Rex trova tutto ciò assolutamente interessante.

„Avrò un regalo anche io?", vuole sapere il cane.

„Sei un umano o un cane, Rex?".

„Sono un cane!", esclama il golden retriever.

„Allora non riceverai nessun regalo", replica Mischi, che ride maliziosamente e scappa via.

Rex è contento di avere finalmente un'idea di ciò che sta accadendo. Naturalmente, è triste perché come cane non riceverà alcun regalo. Mischi riceverà dei regali? No.

Circa due settimane dopo, la casa è piena. I nonni sono presenti e tutti sono seduti a mangiare. Rex ha mangiato una porzione extra di cibo e giace pieno sul tappeto. Osserva le persone ed è contento di loro. Poi, quando un uomo grande e grosso con la barba bianca arruffata, gli stivali e le vesti rosse si trova al centro del salotto, ringhia e abbaia come un matto. Ina gli fa cenno di fare silenzio. Il cane buono lo fa. Dopo qualche minuto l'uomo grasso è di nuovo scomparso.

„Rex, vieni qui!", lo chiama Ina. Rex obbedisce e si avvicina a Ina, che è seduta accanto all'albero di Natale. Gli porge un grosso pacchetto di croccantini. A Rex viene subito concesso di assaggiarne uno e gli piace!

„È il tuo regalo di Natale, Rex", dice Ina. Rex è sorpreso e felice allo stesso tempo. Guarda Mischi, che è sdraiato sul cuscino del divano e mangia diligentemente.

„Benvenuto in famiglia!", gli strizza l'occhio.

„Mi piacerebbe avere il Natale tutti i giorni!", pensa Rex tra sé e sé e già pregusta segretamente il prossimo dicembre.

La lezione di questa storia: a Natale dobbiamo pensare a tutti quelli che amiamo.

8 dicembre: Natale sotto le palme

Claudia è già emozionata perché domani lei e i suoi genitori voleranno in Florida, negli Stati Uniti d'America. Suo padre voleva, come dice lui stesso: „Finalmente si scappa dal freddo inverno e si trascorre il Natale sotto le palme e sotto un sole splendente". Per Claudia, naturalmente, questo è molto insolito, dato che è abituata a trascorrere il Natale a temperature rigide. Non riesce a pensare alle palme!

Sono partiti la mattina presto. Il taxi per l'aeroporto è già in attesa davanti alla porta. E dopo un volo incredibilmente lungo per Claudia, finalmente atterrano nella capitale dello Stato della Florida, Miami. Come a casa, anche qui molte cose sono già addobbate per Natale, in modo un po' diverso, ma Claudia è entusiasta.

Il suo entusiasmo aumenta ancora di più quando vede la stanza d'albergo dove alloggerà con i genitori durante le vacanze. La terrazza è direttamente sulla spiaggia e le basta fare un passo fuori dalla porta per trovarsi già sotto enormi palme. Offrono una piacevole ombra durante il giorno e sono bellissime di notte quando brillano le luci delle fate. Ma Claudia non è ancora nello spirito natalizio. Si stupisce anche del fatto che i bambini qui ricevano i regali solo il 25 dicembre e non il 24 dicembre.

Il 24, la famiglia visita l'albero di Natale più grande del mondo. Non è affatto un albero, ma è fatto di centinaia di tonnellate di sabbia. „Sandi", come viene chiamato l'albero fatto di sabbia, è alto undici metri ed è decorato con molte luci fatate che illuminano la spiaggia in modo splendido.

„Claudia, vuoi provare i tipici biscotti natalizi di qui?", chiede il padre. Certo che Claudia vorrebbe farlo. Si stupisce quando il padre torna poco dopo con un piatto pieno di biscotti. Ma sono diversi da quelli che conosce a casa, come Babbo Natale con gli occhiali da sole e in tenuta da spiaggia, le stelle marine o le palme.

Claudia è soddisfatta e i biscotti hanno un sapore delizioso.

Per cena, la famiglia mangia il tacchino, come si usa fare a Natale negli Stati Uniti. Hanno prenotato un tavolo in un bel ristorante con vista sul mare. Il sapore è delizioso, diverso da quello dell'oca, ma comunque molto buono.

Dopo una giornata emozionante, Claudia va a letto e non vede l'ora che arrivi domani, perché finalmente ci saranno i regali. Naturalmente, deve accettare il fatto che Babbo Natale non distribuisce i regali qui fino al giorno dopo la vigilia.

Al mattino, quando si sveglia, trova i regali sparsi nel soggiorno della camera d'albergo.

Finalmente anche i suoi genitori sono svegli. Abbracciano la figlia e si augurano un buon Natale.

Quando tornano all'aeroporto, la madre chiede a Claudia: „Vi siete goduti le vacanze o vi è mancato il tipico Natale a casa?".

„Ho pensato che fosse abbastanza grande. Naturalmente mi sono persa alcune cose, ma ne ho conosciute di nuove", risponde Claudia.

„Esattamente, mia cara. Il Natale viene festeggiato in modo un po' diverso in tutto il mondo. Ma l'idea di base è la stessa. E cioè che è la festa dell'amore, che si trascorre meglio nella cerchia della famiglia." Bacia la figlia sulla fronte e la spinge attraverso i controlli di sicurezza.

„Via da casa!", grida.

La lezione di questa storia: le tradizioni natalizie variano da Paese a Paese, ma ovunque si tratta di trascorrere del tempo in famiglia. Si tratta di stare insieme.

9 dicembre: il pupazzo di neve

Il padre di Noah lavora molto e viaggia in tutto il mondo. Di solito torna a casa solo quando il figlio è in vacanza d'estate e in inverno a Natale. Poi i due vanno al mare insieme alla madre di Noah. A Natale, e naturalmente solo quando nevica, i due costruiscono pupazzi di neve, davvero grandi e belli come quelli che si vedono nei film.

Questo dicembre, anche Noah non vede l'ora di ricevere la visita di suo padre. E continua a chiedere a sua madre: „Mamma, quando torna finalmente a casa papà?".

„Tuo padre è già sull'aereo e sarà qui domani pomeriggio", risponde lei. „E c'è una grande notizia! Ho visto nel bollettino meteo che dovrebbe nevicare! Ma ora vai a dormire, passerotto mio, e il tempo volerà!".

Noah obbedisce, si sdraia sul letto e inizia a pensare a che tipo di pupazzo di neve gli piacerebbe costruire. È felice che nevichi e spera che ci sia più neve dell'anno scorso. Lui e suo padre hanno dovuto guidare per due ore per raggiungere il luogo dove c'era la neve.

La mattina dopo, Noah si sveglia, si toglie il sonno dagli occhi e tira su le tende. Poi rimane accecato e stenta a credere ai suoi occhi, perché l'intera strada è bianca e continua a nevicare. I tetti delle auto sono già coperti di neve e alcuni vicini si stanno già occupando di liberare il marciapiede dalla neve. Non vogliono che nessuno scivoli!

Noah corre immediatamente dalla madre.

„Mamma, voglio costruire un pupazzo di neve e mostrarlo a papà quando torna a casa!"

„Certo, tesoro, ma prima facciamo colazione".

Dopo la colazione, Noah indossa la tuta da neve, il cappello di lana e i guanti. Ed è già alla porta, con la pala da neve in mano, a spalare un mucchio da cui poi vuole costruire il pupazzo di neve.

Mezz'ora dopo, ha già messo tre grandi palle di neve una sopra l'altra. Ora si occupa degli ultimi ritocchi e chiede alla madre una carota. Crea gli occhi e la bocca del pupazzo di neve con pietre nere. Noah prende un vecchio cappello dalla cantina e lo mette sul pupazzo di neve.

„È venuto benissimo, passerotto!", grida la madre dalla finestra della cucina. Noah è orgoglioso e non vede l'ora di presentare il pupazzo di neve a suo padre. Proprio mentre sta pranzando con la madre, il telefono squilla improvvisamente. La madre risponde e subito ha un'espressione preoccupata.

Dopo aver riattaccato, si rivolge a Noah: „Mio caro, mi dispiace, ma tuo padre non potrà tornare a casa da noi oggi. Il volo è stato cancellato a causa della neve. Ma verrà sicuramente domani", cerca di consolare Noah. Noah è deluso perché non vedeva l'ora di presentare il pupazzo di neve al padre e di costruirne altri.

„Va bene, mamma, posso aspettare fino a domani".

Il giorno dopo Noah si sveglia e corre velocemente alla finestra. Oh no, la neve si è quasi completamente sciolta. Dalla finestra vede il suo pupazzo di neve, che ora è solo fanghiglia con un cappello.

Bussano alla porta della sua camera da letto.

„Noah, sei già sveglio?" chiede la voce familiare di suo padre. Noah si precipita alla porta. I due si abbracciano forte.

„Papà, ho fatto un bellissimo pupazzo di neve che volevo mostrarti. Ma poi si è sciolto tutto!", dice Noah sconsolato.

„Mi dispiace, Noah. Mi sarebbe piaciuto vedere il tuo pupazzo di neve! Ma so che sei un vero professionista nel fare i pupazzi di neve! Inoltre, sta tornando il freddo e nel pomeriggio dovrebbe nevicare!".

„Davvero, papà?".

„Sì, certo, e poi costruiremo insieme tanti pupazzi di neve fino a quando non avremo finito la neve!", gli strizza l'occhio il padre.

E infatti! Il padre di Noah aveva ragione. All'improvviso inizia a nevicare all'impazzata. Fiocchi particolarmente grandi trasformano la strada in un bellissimo paesaggio innevato. Noah è già fuori a spalare la neve insieme. Poi i due costruiscono il più grande pupazzo di neve che abbiano mai costruito! E la cosa più bella è che il pupazzo di neve rimane fino a dopo la vigilia di Natale.

Prima ancora che i regali vengano distribuiti, Noah chiede ai suoi genitori: „Sapete qual è la cosa più bella del Natale, mamma e papà?".

„Quale, Noah?"

„Beh, che finalmente siamo tutti insieme, costruiamo tanti pupazzi di neve e Babbo Natale ci fa tanti regali!", esclama.

„Sì, anche se per me il regalo più bello è quello di passare il Natale con voi due", dice il padre.

La lezione di questa storia: la famiglia e l'amore non conoscono distanze.

10 dicembre: biscotti per il vicino

Felix si è appena trasferito con i suoi genitori e i suoi fratellini. Ama la nuova casa perché finalmente ha una stanza tutta sua. Inoltre, conosce già i figli del vicino, con i quali ha già giocato a calcio.

I suoi compagni di gioco gli hanno parlato del vicino di casa, il signor Meier.

„Attento, Felix, a non calciare la palla oltre il suo recinto. Il signor Meier è assolutamente ostile e ci troviamo in grossi guai ogni volta che una palla vola sulla sua proprietà", gli hanno già detto diverse persone.

Due giorni prima di Natale - è una tradizione nella famiglia di Felix - tutti preparano biscotti e deliziosi dolcetti. Dai fiocchi di neve ai Babbi Natale, fino alle stelle realizzate con un impasto delizioso: la varietà è grande e i biscotti sono davvero buoni.

La mamma di Felix sta per mettere alcuni biscotti nei sacchetti.

„Felix, mi faresti il favore di andare dai nostri vicini? Sono sicura che saranno contenti dei biscotti!", chiede al figlio.

„Lo farò, mamma!".

„Fantastico! Questa borsa è per i Greven, dall'altra parte della strada, questa per i Möler e questa per il signor Meier", indica le borse.

„Devo proprio andare dal signor Meier?", chiede Felix, leggermente spaventato. „È assolutamente cattivo! Gli altri bambini mi hanno parlato male di lui".

„Quindi, credi a tutto quello che ti viene detto? Prova, prima, Felix. Solo allora potrai giudicare", gli dice la madre.

Quindi Felix non ha scelta. Consegna doverosamente i biscotti ai Greven e ai Möller. I vicini sono entusiasti e felici di queste prelibatezze. Sarà contento anche il signor Meier? Felix ha dei dubbi e vuole farla finita in fretta.

„Ding, Dong!". Felix suona il campanello del signor Meier. Aspetta due minuti e sta per andarsene quando la porta si apre. Davanti a lui c'è un uomo anziano dai capelli grigi.

„Ehh, salve signor Meier, mi chiamo Felix Renner e faccio parte della famiglia che si è appena trasferita qui", si presenta gentilmente.

„Ciao, Felix. Sono lieto di conoscerti!", risponde il signor Meier con gentilezza e con il sorriso sulle labbra. „Per favore, non dirmi che hai lanciato una palla nel mio giardino. Perché per prenderla devo salire le scale. È molto difficile per me alla mia età", dice il vicino di casa, che non sembra affatto così cattivo e ostile con Felix come sostengono gli altri bambini.

„Le ho portato dei biscotti natalizi fatti in casa". Felix porge al signor Meier il sacchetto di deliziosi biscotti.

„Oh sì, dopodomani è già la vigilia di Natale", osserva un po' tristemente il vicino. „Grazie mille per i biscotti, caro Felix. Ti prego, ringrazia i tuoi genitori anche da parte mia, d'accordo?".

„Ne sarò felice, signor Meier", risponde Felix e si congeda.

„Il signor Meier è davvero molto gentile!", dice Felix alla madre quando torna a casa.

„Beh, vedi? Dovresti prima farti un'idea da solo e non ascoltare sempre gli altri. Sono orgogliosa di te, Felix".

La vigilia di Natale, la famiglia sta preparando la tavola quando suona il campanello. Felix la apre e vede il signor Meier in piedi davanti a lui.

„Ciao Felix, volevo portarti un piccolo regalo", dice.

„Questa è la locomotiva del mio plastico ferroviario. Se ti piace, sei libero di avere tutto. Non lo uso più e ho pensato che a te e ai tuoi fratelli e sorelle sarebbe piaciuto". Poi il signor Meier si congeda. Felix è entusiasta, trova i treni assolutamente emozionanti. Mostra il regalo alla madre, che ne è commossa.

„Felix, cosa ne pensi se invitiamo il signor Meier a mangiare con noi oggi? Dopotutto, è Natale e sembra che altrimenti passerebbe la vigilia da solo", suggerisce la madre. Felix non ha bisogno che glielo ripeta due volte e si precipita dal signor Meier.

„Non voglio disturbarti, e non voglio nemmeno mangiare il tuo buon cibo", dice il signor Meier con fare peccaminoso quando Felix lo invita a entrare.

„Signor Meier, dove mangiano in cinque mangiano anche in sei!", risponde saggiamente Felix.

„Beh, hai ragione, Felix! Mi cambio velocemente e poi vengo da te!", si rallegra il signor Meier.

Tutti trascorrono una fantastica vigilia di Natale, mangiando, bevendo e ridendo insieme.

La lezione di questa storia: la felicità è semplicemente ancora più bella quando viene condivisa e quindi potenziata!

11 dicembre: i pan di zenzero bruciati

Il Natale è alle porte e a casa della famiglia Michaelis c'è un'intensa attività in cucina. La mamma impasta la pasta, la stende e poi i bambini stampano biscotti di tutte le forme, tra cui molti omini di pan di zenzero. Ora la terza teglia sta già andando in forno.

Ma poi suona il campanello e prima i bambini, poi la madre, corrono ad accogliere il visitatore. Nessuno ha pensato di impostare l'orario per far uscire in tempo la teglia appena messa in forno con tutto il pan di zenzero.

Naturalmente se ne accorgono anche gli omini di pan di zenzero, che iniziano a sentire un caldo fastidioso.

„Santo cielo! Fa caldo qui dentro!", esclama Mauro, l'Omino di Pan di Zenzero, ai suoi amici.

„Spero che abbiamo quasi finito!" ribatte un altro pan di zenzero, che giace in fondo alla teglia nel forno.

„Sto per bruciarmi il sedere!", scandisce un altro pan di zenzero.

„Se non ce ne andiamo subito da qui, mi scioglierò completamente!" interviene un altro, già con la bocca molto storta e le gambe leggermente fuse.

Disperati e già leggermente ustionati, cercano di aprire il forno dall'interno, ma senza successo.

„Nessuno ci mangerà se siamo già bruciati!". Gli omini sono nel panico.

Ma poi finalmente il forno si apre e la madre estrae il vassoio.

„Oh, santo cielo!", esclama quando vede il pan di zenzero che è rimasto in forno troppo a lungo.

„Credo che dovremo buttarli via, nessuno li mangerà così!", dice alla figlia Franziska.

„Sarebbe un vero peccato, povero pan di zenzero!", risponde Franziska. Poi lo zio Frank entra in cucina. Lo zio Frank aveva suonato il campanello prima, così il pan di zenzero era stato dimenticato.

Quando Frank vede il pan di zenzero bruciato, chiede: „Posso mangiarne uno?"

„Meglio aspettare che sia pronto il prossimo vassoio, sono tutti bruciati!".

„Sono proprio come piacciono a me", risponde Frank, infilandosi in bocca il primo pan di zenzero.

Mentre sta per entrare in bocca, l'omino di pan di zenzero chiama i suoi amici: „Fatto! Buona fortuna a voi, miei cari!". Gli altri si rallegrano con lui e sperano che lo zio Frank faccia fuori anche loro e che non finiscano nella spazzatura.

„Mhhh, sono davvero deliziosi! Perfetti, direi!". Lo zio Frank si socchiude le labbra e prende il pan di zenzero successivo, che mangia in pochi secondi.

„Fai sempre un pan di zenzero così buono?", chiede alla sorella.

„In realtà, di solito non sono così bruciati, ma naturalmente sono contenta che ti piacciano. Altrimenti avrei buttato la teglia nel cestino".

E così lo zio Frank si gode un pan di zenzero bruciato dopo l'altro. La sua pancia già grassa diventa ancora più rotonda. Mentre prende l'ultimo pan di zenzero rimasto, esita brevemente e dice alla sorella: „Uff, ora sono pieno! Non posso più mangiare, Heike!".

„Dai, mangerai anche l'ultimo! Non voglio che sia l'unico rimasto!", dice, come se avesse già sentito le grida disperate del pan di zenzero.

„Va bene!" Zio Frank prende l'ultimo pan di zenzero e ne dà un bel morso.

„Ragazzi, sto arrivando!", esclama il pan di zenzero al settimo cielo.

La lezione di questa storia: i gusti sono diversi. A uno piace di più questo, all'altro quello. L'importante è accettare che non siamo tutti uguali.

12 dicembre: febbre al Polo Nord

Siamo a settembre e la produzione dei giocattoli è già in pieno svolgimento. Gli elfi lavorano giorno e notte e anche Babbo Natale fa gli straordinari. Durante i giorni è sembrato un po' assente, leggermente pallido e anche poco attento come è solito fare.

Il giorno dopo Babbo Natale non si presenta alla fabbrica di giocattoli alla solita ora.

„Hai visto Babbo Natale?", chiede l'elfo Hannes a uno dei suoi compagni.

„No Hannes, non vedo Babbo Natale da ieri. Ma non aveva un bell'aspetto, come se stesse per ammalarsi", gli risponde l'altro Babbo Natale segreto.

„Ma Babbo Natale non è mai stato malato, se ricordo bene!", osserva Hannes.

Hannes chiede anche agli altri elfi, ma nessuno sa dove sia il loro capo. Poi Hannes cerca nella stalla delle renne.

„Rudolf, hai visto Babbo Natale? Ho già guardato ovunque e mi sto preoccupando. Non che gli sia successo qualcosa".

„Hannes, hai già guardato nella casa di Babbo Natale? Forse sta riposando, ho sentito che ieri non sembrava molto in forma", dice Rudolf.

„Sciocco! Hai ragione, Rudolf! Devo proprio dare un'occhiata veloce alla casa di Babbo Natale!".

Hannes esce di corsa dalla stalla, passa davanti alla fabbrica di giocattoli e va dritto verso la casa di Babbo Natale. Da lontano vede già le tende tirate e si chiede cosa stia succedendo. In realtà, le tende vengono chiuse solo la sera, quando Babbo Natale vuole riposare e avere la sua pace. Cosa sta succedendo a Babbo Natale?

L'elfo Hannes bussa alla porta, ma nessuno risponde. Spera di sentire tra poco la voce amichevole di Babbo Natale, ma invece c'è silenzio. Poi Hannes apre la porta e finalmente c'è Babbo Natale che russa nel suo letto. Sul comodino ci sono sciroppo per la tosse e fazzoletti.

„Babbo, non ti senti bene?". Hannes cerca di svegliare il suo capo. Babbo Natale apre prima un occhio, poi il secondo.

„Hannes, è una fortuna che tu sia qui! Non mi sento bene e non riesco ad alzarmi dal letto", dice Babbo Natale con voce flebile. „Temo di aver preso l'influenza. Non prendertela da me!", avverte.

„Ho delle super difese! Cosa posso fare per te, caro Babbo Natale?", chiede.

„Niente, Hannes, grazie! Voglio solo riposare e poi sono sicuro che domani sarò di nuovo in salute".

Hannes si congeda, ma non ha intenzione di lasciare Babbo da solo a lungo. Invece, corre subito dagli altri elfi e dice loro che il loro capo ha un brutto caso di influenza.

„Dovremmo occuparci di Babbo Natale, non si sente bene. Flippi, hai ancora la vecchia formula segreta della cura miracolosa del tuo bisnonno?", chiede Hannes.

Flippi ci pensa un attimo, dice che tornerà subito e va già a cercare la formula della cura miracolosa. Al suo ritorno, è necessario l'aiuto di tutti, perché servono molte erbe rare, nessuna delle quali cresce al Polo Nord.

„Vado dalle renne e chiedo se possono aiutarci", annuncia Hannes.

Naturalmente le renne sono disposte ad aiutare: dopotutto, sono tutte molto affezionate a Babbo Natale. Un Babbo Natale segreto cavalca ciascuna delle renne, che sciamano in tutte le direzioni. Nel frattempo, altri elfi fanno compagnia a Babbo Natale, gli preparano un tè calmante e gli fanno impacchi freddi sulla fronte per abbassargli la febbre.

Dopo qualche ora, tutte le renne e gli elfi sono tornati. Flippi è soddisfatto, perché ora hanno tutte le erbe insieme, che ora mescolano.

„Sì, questo dovrebbe aiutare il nostro caro Babbo Natale a rimettersi in piedi rapidamente! Lasciamo in infusione il rimedio miracoloso per un momento e poi è pronto."

„Ecco, bevi questo, Babbo Natale", gli dice Flippi porgendogli la cura miracolosa.

„Ma il tè non ha un buon odore!", si lamenta il malato.

„È vero, ma vedrai che tra poco ti sentirai molto meglio!", concordano gli elfi.

„Va bene!" risponde Babbo Natale e beve tutto d'un sorso. Poi rutta forte - tutti ridono.

Dopo dieci minuti, il viso di Babbo Natale riprende colore. Un elfo gli sente la fronte: „Non hai più nemmeno la febbre, caro capo!".

„Grazie mille, mio stimato Babbo Natale segreto. Cosa farei senza di te?".

„Siamo una grande famiglia e quando qualcuno è malato, viene curato e riportato alla salute!", dice Hannes con affetto.

La lezione di questa storia: l'amicizia e la gratitudine sincera sono importanti, anche per Babbo Natale!

13 dicembre: al mercatino di Natale

Il periodo natalizio è il più bello dell'anno. Tutte le grandi decorazioni natalizie nei centri cittadini, le tipiche prelibatezze natalizie, i canti contemplativi che riecheggiano per le strade e, naturalmente, la cosa più bella di tutte: trascorrere del tempo con la famiglia. C'è un luogo in cui tutte queste belle e tipiche usanze natalizie si incontrano: il mercatino di Natale!

La piccola Jana non ha ancora idea di cosa sia un mercatino di Natale. È stata lì una volta l'anno scorso - o almeno così le dicono i genitori - ma non se lo ricorda. Ma non ha alcun desiderio di andare al mercatino di Natale.

Preferisce rimanere a casa a giocare sul tablet della madre. Prima deve convincere la figlia.

„Se vai al mercatino di Natale con i tuoi nonni, dopo guarderemo il tuo film preferito sulla Regina dei Ghiacci", promette a Jana. Jana accetta, anche se non ha affatto voglia di andare al mercatino di Natale, ma in attesa del suo film preferito accetta.

Sta per essere prelevata dai nonni. Vogliono davvero portare la nipote a fare un giro al mercatino di Natale, mangiare qualcosa e guardare tutto in pace.

„Jana, per favore, puoi metterti le scarpe calde?", chiede la madre.

„Tua nonna e tuo nonno dovrebbero essere qui a momenti per venirti a prendere".

„Sì, mamma!", Jana obbedisce e indossa le sue spesse scarpe invernali con la piacevole fodera.

Poi suona il campanello e nonno Werner è molto felice di vedere la sua amata nipotina.

„Ciao, nonno!" grida Jana, anche lei molto felice.

„Andiamo, tesoro mio? Hai voglia di esplorare il mercatino di Natale?".

Ci puoi scommettere!

„Papà, mi porteresti per favore un pacchetto di mandorle tostate? Mi piace mangiarle!" chiede la madre di Jana al nonno.

„Ma certo!" risponde il nonno.

„Sali in macchina con tua nonna, Jana. Arrivo subito".

Dopo un breve tragitto, i tre parcheggiano l'auto in un parcheggio molto vicino al mercatino di Natale della città.

„Vedrò anche Babbo Natale?", chiede Jana curiosa ai nonni.

„Vedrai tanti Babbi Natale, tesoro mio. Ma non sarà il vero Babbo Natale, perché ha molto da fare al Polo Nord! O chi pensi che produca tutti i regali?", chiede la nonna.

„Tua nonna ha ragione, al mercatino di Natale vedrai persone vestite da Babbo Natale. Ma anche questo è fantastico, non è vero?".

„Sì, davvero fantastico!", si rallegra Jana.

Poi finalmente arrivano. Migliaia di luci scintillano su di loro e un piacevole profumo - biscotti e dolci natalizi, ma anche cose sostanziose come salsicce fritte e salsicce di prosciutto. È un odore unico che si può sentire solo nei mercatini di Natale.

„Suggerisco di passeggiare per il mercatino di Natale e di guardare tutti a nostro piacimento", pensa il nonno.

E poi se ne vanno. Per Jana è tutto molto interessante ed emozionante. È curiosa.

„Nonna, cos'è quello?" chiede, indicando dei dolcetti che sembrano palline di pasta con sopra dello zucchero a velo.

„Sono torte al lardo, mia cara. Vuoi assaggiarne un po'?", risponde la nonna.

„Sì, vorrei!". E Jana ha già in mano un sacchetto di torte al lardo.

„Le torte al lardo hanno un sapore assolutamente delizioso!" Jana è entusiasta.

„Ma mi raccomando, non mangiatene troppe, altrimenti ti verrà il mal di pancia. Inoltre, vogliamo mangiare qualcosa di sostanzioso insieme più tardi", le ricorda gentilmente il nonno.

Poi i tre si trovano davanti a una gigantesca struttura di legno simile a un mulino, con all'interno grandi figure ed enormi candele. In cima, una specie di elica gira. Sotto, ci sono bancarelle di snack dove la gente si affanna a gustare ogni tipo di prelibatezza. Accanto a loro ci sono giostre e caroselli per bambini, che Jana conosce già dalla fiera.

„Posso salire sulla giostra, nonno?". Le viene concesso e fa qualche giro su uno dei cavallini che si muovono su e giù. Jana si diverte molto e ormai è buio. Fa sembrare il mercatino di Natale ancora più magico.

„Allora, prima di andare a cercare qualcosa da mangiare, andiamo al mercatino medievale di Natale", suggerisce la nonna.

„È proprio qui accanto".

Anche in questo caso, Jana si trova di fronte a un vero e proprio spettacolo. Molti sono vestiti come nei film sui cavalieri che Jana conosce. Un uomo vestito da giullare di corte si destreggia con spade corte, vasi di fuoco sono allestiti ovunque, immergendo il mercato medievale in una luce mistica, e ci sono molti altri grandi spettacoli - come uno sputafuoco. Jana non riesce a smettere di stupirsi, ma si sta facendo tardi e ha fame.

„Mangiamo ancora un po' e poi andiamo a casa. Suggerisco salsicce al prosciutto!", dice la nonna a Jana e al nonno. Gustano le deliziose salsicce al prosciutto e tornano a casa. In macchina Jana dice ai nonni: „Grazie nonna e nonno! Il mercatino di Natale è fantastico, potrei passare qui ogni giorno".

La lezione di questa storia: le cose più belle non si vivono a casa sul display, ma nella vita reale, insieme ai propri cari.

14 dicembre: Babbo Natale segreto a scuola

È dicembre e molte classi scolastiche stanno organizzando il Babbo Natale segreto. Questo vale anche per la classe 1A, frequentata da Emil. Emil si chiede cosa regalare alla sua compagna di classe Maya. Naturalmente lui vuole renderla felice. È anche curioso di sapere cosa riceverà in regalo. E questo è il bello del Babbo Natale segreto!

Insieme alla madre, si reca al centro commerciale e cerca un regalo di Babbo Natale segreto adatto a Maya. Il regalo deve costare da dieci a un massimo di 15 euro: questa è la regola, in modo che nessuno spenda troppo poco, ma anche che nessuno spenda troppo per i regali.

„Emil, vuoi guardare, per favore?“, gli chiede la madre, indicando con il dito la confezione di una bambola giocattolo.

„Potrebbe essere un buon regalo per Maya?“.

„Non lo so“, dice Emil. Poi vede un bellissimo paio di guanti rosa.

„A Maya potrebbero piacere!“, esclama. Dopotutto, sa che il rosa è il colore preferito della sua compagna di classe. Inoltre, qualche giorno fa Maya è scivolata mentre giocava e uno dei suoi guanti si è strappato. Ne parla alla madre.

„Tesoro, penso che sia fantastico che tu ci stia pensando! Credo che Maya sarà contenta dei guanti!". Così i due comprano i guanti e li fanno confezionare ai grandi magazzini: un regalo di Babbo Natale segreto davvero bello.

Il giorno successivo - il giorno del Babbo Natale segreto - Emil porta il regalo a scuola ed è molto curioso di vedere se a Maya piacerà davvero come spera.

Come di consueto per il Babbo Natale segreto, Emil nasconde il regalo in modo che Maya lo trovi. Lo mette di nascosto nella sua giacca, appesa alla sedia. Poco dopo, ogni bambino ha già trovato il suo regalo di Babbo Natale segreto. Alcuni sono felici, altri meno. Quando Christian scarta il suo regalo, diventa triste. Ha ricevuto un calzino vecchio e maleodorante. Alcuni compagni di classe ridono forte di lui, soprattutto Tobias. Emil pensa che questo sia assolutamente meschino e si mette di fronte a Christian. Conosce a malapena Christian, ma sente il dovere di opporsi a questa ingiustizia.

„Qual è il punto, Tobias? Il vecchio calzino non costava certo quanto avremmo dovuto spendere. Inoltre, è assolutamente meschino da parte tua!". Tobias lo guarda seriamente.

„Era solo uno scherzo!", risponde lui, leggermente offeso.

„Non troverei divertente se qualcuno mi desse un vecchio calzino puzzolente! Tu lo faresti, Tobias?", chiede Emil con determinazione e un sopracciglio alzato. Molti dei bambini che assistono alla piccola discussione sono d'accordo con Emil. L'insegnante di classe, che naturalmente ha sentito tutto, non commenta. Pensa che Emil si stia comportando bene e che stia difendendo il suo compagno di classe Christian. Non dice nulla per tutto il tempo, si limita a guardare tristemente a terra. Quando poi si accorge che Emil e gli altri sono dalla sua parte, è felice.

„Penso che dovresti scusarti, Tobias!" dice Maya, che è molto soddisfatta del suo regalo di Babbo Natale segreto e pensa che sia stupido che Tobias abbia voluto offendere Christian con il vecchio calzino puzzolente.

Con una certa riluttanza, Tobias fa un passo verso Christian. Gli tende la mano: „Mi dispiace per il vecchio calzino, Christian".

„Va bene", risponde timidamente Christian.

„No, non va bene, Emil ha ragione. E per farti capire che mi scuso sul serio, voglio darti il regalo di Babbo Natale segreto che ho ricevuto". Christian va a sedersi e tira fuori dallo zaino il suo regalo: una macchinina rossa. Christian lo accetta con gli occhi lucidi, mentre Tobias getta il calzino puzzolente al suo posto, nella spazzatura.

La lezione di questa storia: prima di infastidire gli altri, mettetevi nei loro panni. Quando vedete che gli altri subiscono un torto, difendeteli! Sicuramente volete che gli altri prendano le vostre difese quando subite un torto, non è vero?

15 dicembre: Natale con la famiglia Schulz

È la vigilia di Natale. La famiglia Schulz riceve la visita di tutta la famiglia. Ci sono le nonne e i nonni, le zie e gli zii e naturalmente i cugini. La madre di Paul si è impegnata molto nei preparativi, ha decorato tutto a festa e, naturalmente, per Natale, e ha preparato un pasto delizioso. Come ogni Natale nella famiglia Schulz, ci sono salsicce con insalata di patate. Oltre, naturalmente, a un delizioso dessert e a tutte le prelibatezze natalizie. L'oca di Natale viene poi servita il giorno di Natale, ma questa è un'altra storia.

Dopo che la famiglia si è seduta intorno al grande tavolo del salotto e ha mangiato e bevuto deliziosamente, arriva lentamente il momento dei regali. Paul e i suoi cugini sono ovviamente già emozionati e vorrebbero sapere subito cosa regalerà loro Babbo Natale quest'anno. Ma prima deve venire a mettere i regali sotto l'albero.

„Bambini! Credo che Babbo Natale sarà qui a momenti", sospetta la madre di Paul. I bambini sono entusiasti e aspettano con ansia. Poi, all'improvviso, un uomo enorme vestito completamente di rosso e bianco, con una lunga barba rachitica, entra dalla porta del patio direttamente nel soggiorno. Con voce amichevole dice: „Salve, cari bambini! Siete stati tutti bravi?". In coro, i bambini rispondono con: „Sì, caro Babbo Natale!" Poi Babbo Natale parla brevemente con ciascuno dei bambini.

Paul si stupisce di tutte le cose che sa: per esempio, Babbo Natale sa che suo cugino Markus prende in giro gli altri bambini a scuola. Naturalmente, lui non approva! Poi l'uomo barbuto si rivolge a Paul: „Paul, ti sei comportato bene e non hai fatto nulla di male. I tuoi voti scolastici sono molto buoni! Ti meriti un grande regalo e lo avrai".

Dopo aver distribuito i regali sotto l'albero di Natale, Babbo Natale saluta amichevolmente e poi, in un attimo, se ne va.

„Ora potete scartare i vostri regali!", dice la zia. E i bambini si precipitano verso l'albero di Natale, cercano i loro regali e li aprono. Markus e sua sorella sono entrambi felici per i loro regali: Markus ha ricevuto un pallone e delle scarpe da calcio, sua sorella è felice per le nuove bambole. E che dire di Paul?

Paul tiene il broncio perché non ha ottenuto ciò che voleva.

„In realtà, non può essere", pensa Paul. Dopotutto, aveva inviato la lista dei desideri in tempo e l'aveva scritta in modo particolarmente leggibile. E poi Babbo Natale gli ha appena detto di persona che è stato bravo e che è bravo a scuola. Per lui è un mistero e questa ingiustizia lo infastidisce molto.

„Perché Mark, che si comporta male a scuola, ha ottenuto esattamente quello che voleva?", si chiede Paul, che non riesce a smettere di riflettere. Mentre i cugini giocano con i loro regali, lui si siede sul divano e vorrebbe andare a letto.

Naturalmente, questo non passa inosservato alla madre. Sospetta già cosa sta succedendo a Paul. Tuttavia, glielo chiede: „Cosa c'è che non va, Paul?"

„A Babbo Natale non importa nulla di me", risponde sconsolato.

„Perché lo pensi?"

„Beh, perché desideravo la macchina telecomandata e invece ho ricevuto solo questa stupida action figure".

„Sicuramente Babbo Natale pensava di renderti molto felice", risponde la madre.

„Ma l'ho scritto sulla mia lista dei desideri, che hai portato all'ufficio postale e che poi è stata spedita a Babbo Natale!", dice Paul, stupito. La madre di Paul si siede accanto a lui sul divano e lo abbraccia amorevolmente.

„Sono sicura che Babbo Natale non intendeva fare nulla di tutto questo in malafede".

„Non so, perché Mark ha ottenuto quello che voleva e io no, anche se sono stato più educato?".

„Senti, tesoro, forse la tua lista dei desideri si è persa. O forse Babbo Natale ha commesso un errore. Immagina quanti milioni di liste di desideri riceve ogni anno!", dice entusiasta.

„Non l'ho mai pensata in questo modo", ribatte Paul.

„E poi, tesoro mio, lascia che ti dica una cosa importante: a Natale ci sono i regali. Questo è importante. Sai cosa è ancora più importante, Paul?".

Paul riflette.

„Perché non ti guardi intorno? Cosa vedi?", chiede al figlio.

Paul lascia vagare lo sguardo sul salotto addobbato a festa. Ecco le due nonne che chiacchierano allegramente tra loro. Ecco i due nonni che brindano e si godono la vita. Ci sono i cugini che giocano con i loro regali. C'è il padre di Paul, che di tanto in tanto intona un canto natalizio che tutti cantano insieme. E naturalmente: c'è sua madre, che si sta prendendo cura di lui in questo momento.

„Credo di capire", dice Paul, che ora non sembra più così offeso.

„Sì, Paul. La cosa più importante del Natale non sono i regali o il cibo delizioso. È che ci siamo riuniti tutti insieme come una famiglia per festeggiare". E poi aggiunge: „Non credi che sia stupido offendersi perché non si è ottenuto ciò che si desiderava?".

„Sì, mamma", risponde Paul in modo perspicace.

„Sono sicura che il prossimo Natale avrai ciò che desideri. E se non lo fai? Allora goditi la serata con la tua famiglia".

Paul annuisce, si alza e cerca la compagnia di Mark per giocare.

La lezione di questa storia: le cose materiali possono essere belle e divertenti, ma non dimenticate mai ciò che conta davvero: la famiglia, la coesione e l'amore.

16 dicembre: la vera amicizia

Martina e Iris sono amiche per la pelle e lo sono fin dai tempi della scuola. Nel frattempo sono cresciute e non vivono più nella stessa città. Iris si è trasferita qualche anno fa. Ciononostante, le due sono in costante contatto e si parlano al telefono, come è consuetudine per le migliori amiche.

È un peccato che Martina e Iris si vedano solo quattro volte all'anno. Entrambe sono molto impegnate sul lavoro. Ma la cosa più importante in una buona amicizia è che quando ci si rivede, ci si sente come sempre e come se non ci si fosse mai separati.

L'ultima volta che si sono incontrate, c'è stata una discussione. Si erano incontrate in un caffè elegante alla periferia della loro città e stavano parlando e ridendo molto. Finché non è scoppiata la lite. Martina non ricorda nemmeno di cosa abbiano discusso. Probabilmente si trattava di qualcosa di banale, di poco importante. Ma ricorda esattamente come Iris sia uscita dal bar in preda alla rabbia, sia salita sulla sua auto, parcheggiata a pochi metri di distanza sul ciglio della strada, abbia sbattuto la portiera e se ne sia andata con i pneumatici stridenti. Anche lei era furiosa e sconvolta - Martina se lo ricorda molto bene. Ma non riesce a ricordare il motivo. Sa solo che le manca la sua amica, ma è troppo orgogliosa per chiamare di nuovo Iris. In fondo, pensa Martina, anche Iris potrebbe chiamarla!

Iris la pensa allo stesso modo. Non ha più avuto notizie di Martina dopo l'ultima riunione e il litigio. Si chiede come stia la sua migliore amica e se la loro amicizia si sia davvero rotta per una discussione così stupida e insensata. Tutti quegli anni di amicizia e di bei ricordi che risalgono ai tempi della scuola.

„Sarebbe un vero peccato!", pensa Iris con tristezza. Ma nemmeno lei è disposta a fare un passo verso la sua amica e a chiamarla.

Un giorno, alla fine di novembre, Martina decide di provare con Iris. Compone il suo numero e aspetta. Immediatamente si sente una voce di computer dalla linea: „Nessuna connessione a questo numero".

„Oh no! Iris ha cambiato numero. Forse perché non vuole più avere contatti con me?", si chiede sotto una sfumatura di amara tristezza.

„Che sfiga! Avrei dovuto chiamare prima Iris!" si infastidisce con se stessa. Ricorda che al penultimo incontro avevano deciso che quest'anno avrebbero finalmente trascorso il Natale insieme. Ma non è stato così.

La vigilia di Natale, nel primo pomeriggio, il campanello di Martina suona improvvisamente. La figlia Lara apre la porta.

„Zia Iris!", grida piena di gioia. Lara ha sempre chiamato Iris „zia" perché si conoscono dalla nascita. Martina, che si trova in salotto, la sente e si precipita alla porta. Ecco Iris con un ampio sorriso. Cadono l'una nelle braccia dell'altra e si abbracciano strettamente.

„Sono così felice che tu sia qui, Iris, non me l'aspettavo."

„Ho provato a chiamarti il mese scorso, ma...“, poi Iris la interrompe:

„Il mio cellulare è caduto in acqua mentre ero in vacanza. Volevo chiamarti anch'io, ma non avevo il tuo numero“, spiega Iris e aggiunge: „La mia migliore amica, sono contenta che finalmente ci rivediamo. Non ricordo nemmeno di cosa stavamo discutendo. Ma anche questo non è importante. Volevamo passare questa vigilia di Natale insieme“.

„Sì, esattamente! Finalmente ci siamo riunite a Natale! Entra pure, Iris! Dopotutto, hai fatto molta strada!“, dice all'amica.

Poi si raccontano tutto, ridono molto e si abbracciano, semplicemente per la gioia di essersi riunite. Iris rimane poi con la sua amica per le vacanze di Natale. Quando poi si salutano, si scambiano altri dati di contatto.

„Quindi, ora hai anche il mio indirizzo e-mail, così non succederà mai più che non possiamo contattarci!“.

Martina e Iris aspettano già con ansia il prossimo incontro.

La lezione di questa storia: non lasciate che discussioni banali e senza senso distruggano le amicizie..

17 dicembre: Natale in Spagna

Il Natale è diverso in molte regioni del mondo. Ci sono diverse usanze che vorremmo esaminare più da vicino. In particolare, le usanze natalizie degli spagnoli.

In Spagna è tradizione che i Re Magi siano più significativi del Natale. Per tradizione, quindi, in Spagna non esiste Babbo Natale. Inoltre, i regali non vengono aperti il 24 dicembre, come in questo caso. I Magi portano i regali solo a gennaio, nel giorno dei Re Magi, il 6 gennaio. Tuttavia, molte famiglie spagnole adottano sempre più spesso il Natale internazionale e distribuiscono i regali già il 24 dicembre, con la presenza anche di Babbo Natale.

In molte case e abitazioni, così come nei negozi, nel periodo natalizio vengono allestiti presepi. I presepi mostrano la nascita di Gesù nella stalla di Nazareth con l'aiuto di figure. Ma in molte città e villaggi spagnoli si svolgono rappresentazioni della natività in cui gli attori rievocano il soggiorno di Gesù, Maria e Giuseppe nella stalla. In tutta la Spagna è inoltre consuetudine fare scherzi e scherzetti il 28 dicembre, il cosiddetto „Día de los Santos Inocentes". Questo è simile al tipico pesce d'aprile che si fa in Germania il 1° aprile.

A Natale, naturalmente, in Spagna si mangia anche in modo delizioso: prosciutto serrano, olive, ma anche frutti di mare, agnello, tacchino e altre prelibatezze. Per il dessert, di solito c'è il „turrón" o gli „alfajores", dolci a base di mandorle, miele e albume d'uovo o miele, noci e pasta di mandorle.

Esistono differenze regionali e specialità nelle diverse zone della Spagna. In Catalogna esiste un'altra divertente tradizione. Perché in questa regione della Spagna, oltre alle rappresentazioni della natività, c'è la cosiddetta „Caga Tió", il „tronco d'albero che fa la cacca". Non è altro che un normale tronco d'albero che viene posizionato in casa o in giardino, con un volto dipinto sopra e posizionato su gambe di legno. Poi si mette una coperta sopra il „Caga Tió". Il „tronco d'albero che fa la cacca" viene sbozzato dai bambini con dei bastoni il giorno di Natale. Nel frattempo, i bambini catalani cantano una canzone e chiedono al tronco dell'albero dei dolci. Quando hanno finito di cantare, guardano sotto il soffitto e vi trovano i dolcetti.

I Paesi Baschi sono una regione del nord della Spagna. Anche in questo caso ci sono differenze interessanti. Babbo Natale è chiamato dai baschi „Olentzero". Veste abiti contadini e fuma la pipa. Il 23 dicembre, quando è buio, esce per portare i regali ai bambini.

La lezione da trarre da questa storia è che, nonostante le piccole differenze, anche in Spagna e nelle sue varie regioni la famiglia è al centro dell'attenzione a Natale.

18 dicembre: posta di Natale

Rüdiger Hiller è vedovo, ha 74 anni e due figli: Torsten e Christiane. I due si sono trasferiti molti anni fa, ovviamente. Si vedono molto raramente perché Torsten vive all'estero e Christiane vive con la sua famiglia dall'altra parte del Paese. Quindi Rüdiger è spesso piuttosto solo. Uno dei pochi contatti sociali che mantiene è quello con il suo vecchio amico Jürgen. I due si incontrano di solito una o due volte al mese per scambiarsi idee. Amano giocare a scacchi: lo fanno da circa 15 anni. Oggi, 10 dicembre, non fa eccezione.

Il campanello suona. Rüdiger ci mette un attimo ad alzarsi dalla sua poltrona preferita e ad arrivare in corridoio per aprire. Ma naturalmente Jürgen, che non è più il più veloce di tutti, lo sa bene.

„Ciao, mio caro Jürgen!", saluta Rüdiger il suo vecchio amico.

„Ciao Rüdiger! Mi sorprende che tu voglia perdere di nuovo con me a scacchi", ammicca. I due amano scherzare e prendersi in giro. Poi il padrone di casa serve all'amico una camomilla calda con un po' di miele e sono già nel bel mezzo della prima partita a scacchi del pomeriggio. Rüdiger vince con grande facilità.

„Dimmi, Rüdiger, verrai a trovare Inge e me la vigilia di Natale? Sai che qui sei sempre il benvenuto", lo invita Jürgen a raggiungere la moglie e se stesso a casa.

„La tua bella moglie preparerà di nuovo quella deliziosa oca con l'ancor più deliziosa salsa marrone e i deliziosi canederli?", chiede Rüdiger.

„Ma certo! Sai che non serviamo l'oca il giorno di Natale, ma già il 24 dicembre. È una tradizione!" risponde Jürgen.

„Va bene, allora verrò. Ma solo per il cibo delizioso!" scherza Rüdiger e, come ogni anno, è molto felice dell'invito del suo amico.

„Come stanno Christiane e Torsten?", chiede Jürgen. Conosce i figli di Rüdiger da molto tempo, ma non li vede da anni.

„Oh, stanno entrambi bene! Aspetto con ansia le cartoline di Natale che mi mandano ogni anno! Per il resto non parliamo molto, ma so che stanno bene e questa è la cosa principale", risponde Rüdiger. Rüdiger è particolarmente felice quando vede i suoi nipoti, anche se solo in foto. È difficile dargli una gioia più grande. E per lui le cartoline di Natale dei suoi figli sono il regalo più bello di tutti. Non vorrebbe nemmeno scambiare un milione di euro con loro.

Dopo un'altra partita a scacchi - questa volta vince Jürgen, che di solito perde - i due si salutano. Hanno fatto in modo che Rüdiger raggiunga Jürgen e sua moglie la vigilia di Natale verso le 16.00. Come sempre, porterà un delizioso stollen natalizio e forse del pan di zenzero. I tre non si fanno regali: l'importante per loro è stare insieme.

Ma Rüdiger non è di buon umore nei giorni successivi. Quando il 22 dicembre le cartoline di Natale non sono ancora arrivate nella cassetta delle lettere, è sicuro che i suoi figli si siano completamente dimenticati di lui. Accende la televisione, in realtà solo per essere intrattenuto. Proprio mentre si sta appisolando sulla sua comoda poltrona, inizia il telegiornale. Parla di una tempesta di neve che sta rendendo impossibili le consegne postali in molte parti del Paese. „Ecco perché ci sono gravi ritardi nella consegna di migliaia di lettere e pacchi. Rüdiger, che sta già russando, non si accorge di nulla. È così depresso che non ha nemmeno voglia di andare a trovare Inge e Jürgen per una cena e una chiacchierata la vigilia di Natale.

Prende il telefono e compone il numero del suo amico.

„Ciao Jürgen. Sono io, Rüdiger. Probabilmente non riuscirò a venire da voi la vigilia di Natale. Non mi sento bene. Ti prego di scusare l'inconveniente e ti ringrazio ancora per l'invito", dice con tristezza ma con fermezza.

„Accidenti, Rüdiger! Dimmi, cosa c'è che non va? Non hai preso le pillole?", chiede Jürgen preoccupato.

„Non preoccuparti per me, ok? Saluta Inge", saluta e riattacca il telefono. Di solito non è così scortese ed è già dispiaciuto di aver trattato il suo migliore amico in quel modo. Per le ore successive si scervella per capire perché quest'anno non riceve posta dai suoi figli, che aspettava con tanta ansia.

Il giorno dopo, il 23 dicembre, Rüdiger apre la cassetta delle lettere: chissà? „Forse c'è posta, dopotutto. In realtà non ci credo, perché negli anni precedenti le cartoline di Natale sono sempre arrivate al massimo a metà dicembre - ma allora?", pensa Rüdiger e infila la mano nella cassetta delle lettere.

E di sicuro vede la calligrafia familiare del figlio e poi un'altra lettera con l'indirizzo di Christiane. Il cuore di Rüdiger batte più forte, è eccitato e felice allo stesso tempo. Va il più velocemente possibile in salotto, si siede sulla poltrona e apre le lettere. Che gioia! Finalmente!

Dopo aver letto le lettere, ha un grande sorriso sulle labbra, prende subito il telefono e chiama il suo vecchio amico Jürgen: „Jürgen, mi sento molto meglio! Quindi domani sarò lì, se non è già troppo tardi", grida quasi al telefono, tanto è emozionato.

„Che bello! Naturalmente sei ancora invitato! Però ci hai fatto prendere un bello spavento!".

„Vi racconterò tutto domani! Devo andare subito a prendere il dolce di Natale. Abbi cura di te, Jürgen, ci vediamo domani!", e si congeda.

L'insegnamento di questa storia: la pazienza è una virtù importante. Chi non ha pazienza si dispera troppo presto. Quindi non disperate, ma siate pazienti.

19 dicembre: in viaggio con Babbo Natale

È la metà di dicembre e Lukas ha appena consegnato la sua lista dei desideri alla madre. È così gentile da portarla all'ufficio postale. Lukas vuole una console e due giochi con cui giocare. Si è comportato bene tutto l'anno. È sempre stato disponibile, ad esempio quando doveva aiutare i genitori a fare la spesa o quando il padre gli chiedeva di tagliare il prato nei mesi estivi. Ha anche offerto il suo posto a persone anziane sull'autobus e ha tenuto la porta aperta agli insegnanti. Il motivo per cui si è dato tanto da fare è che l'anno scorso ha ricevuto un rimprovero da Babbo Natale.

C'era qualcosa scritto sulla sua lista dei desideri, che è tornata indietro solo pochi giorni dopo averla inviata a Babbo Natale l'anno scorso - proprio sotto la sua lista dei desideri. Lukas se lo ricorda ancora chiaramente:

„Caro Lukas,

Purtroppo quest'anno non ti sei comportato bene. Per questo motivo non posso esaudire tutti i tuoi desideri di regalo, ma solo quelli più piccoli. Devi migliorare e comportarti bene! Aiuta i tuoi genitori, aiuta gli estranei e sii buono. Se lo farai, l'anno prossimo otterrai ciò che desideri.

Saluti dal Polo Nord, Babbo Natale".

Naturalmente, questo gli ha dato da pensare e ha chiaramente migliorato il suo comportamento. Naturalmente, se ne sono accorti anche i suoi genitori e le altre persone che lo circondavano, che erano entusiasti della sua trasformazione.

Qualche giorno dopo, quando Lukas va a prendere la posta dalla cassetta delle lettere, si accorge che contiene anche la sua attuale lista dei desideri. „Oh no! Perché quest'anno Babbo Natale mi rimprovera? Sono stato bravo, disponibile e laborioso!", si chiede infastidito. Poi apre il biglietto e non c'è dubbio che Babbo Natale abbia scritto di nuovo qualcosa sotto la sua lista dei desideri. Ma questa volta c'è qualcosa di molto diverso:

„Caro Lukas,

Vorrei lodarti molto. Ti sei comportato benissimo e sei stato uno dei bambini più educati in assoluto. Vorrei premiarti per questo e con la presente ti invito cordialmente a visitare la mia fabbrica di giocattoli al Polo Nord. E naturalmente quest'anno esaudirò tutti i tuoi desideri.

Verrò a prenderti a casa tua nel tardo pomeriggio del 19 dicembre e tornerai in serata. Ti prego di indossare abiti molto caldi.

Non vedo l'ora di conoscerti di persona.

Tuo,

Babbo Natale".

„Mamma! Mamma! Mamma!" grida Lukas emozionato in tutta la casa.

„Cosa c'è, Lukas? Perché sei così agitato?", vuole sapere.

„Guarda! Babbo Natale ha rispedito di nuovo la mia lista dei desideri e ha scritto qualcosa sotto di essa!".

„Ma ti sei comportato davvero bene?", chiede perplessa la madre, pensando che Babbo Natale stia rimproverando di nuovo suo figlio.

„Sì, proprio per questo! Sono stato invitato al Polo Nord e visiterò la fabbrica di giocattoli!", stenta a crederci.

„Beh, è fantastico!", anche la madre di Lukas è stupita e osserva attentamente il biglietto. Poi lo confronta con l'ultima lista dei desideri che teneva in un cassetto.

„È sicuramente la stessa calligrafia!", pensa tra sé e sé mentre esamina attentamente entrambi gli appunti.

„Il 19 dicembre! È già dopodomani!", osserva.

Anche il padre di Lukas dà il suo permesso a condizione che torni a casa prima delle 22:00. Lo dice anche a Babbo Natale quando il 19 dicembre arriva in giardino con le sue renne e la grande slitta. Egli è d'accordo e chiede ai genitori di non preoccuparsi.

„Salta su, Lukas! E tieniti forte!".

Quindi non solo visita il Polo Nord, ma sale anche sulla magica slitta di Babbo Natale! Lukas non ha ancora detto una parola, è davvero emozionato. Poi riesce a far passare qualche parola sulle labbra: „Sono così felice di conoscerti, caro Babbo Natale!".

Non appena ha detto questo, la slitta decolla alla velocità della luce e si dirige verso nord.

Il viaggio non dura molto e la slitta sta già perdendo quota.

„Vedi tutte quelle luci laggiù tra gli enormi abeti innevati?", gli chiede Babbo Natale. „Quella è la fabbrica di giocattoli!".

„Fantastico! Non vedo l'ora!" sussurra Lukas con voce roca.

Segue probabilmente il miglior tour della sua vita. Vede tanti elfi intenti a fare e impacchettare regali, vede la grande macchina dei giocattoli e va a trovare le renne nella loro calda stalla. Il tempo vola.

„Lukas? Dobbiamo andare, ti porterò a casa in un attimo, altrimenti mi metterò nei guai con tuo padre", gli spiega Babbo Natale.

A Lukas sembra solo un attimo e poi è già tornato nel suo giardino.

„Ma non riceverai i tuoi regali fino alla vigilia di Natale", dice Babbo Natale ridendo. „È stato un piacere conoscerti, Lukas! Resta buono e comportati bene. A presto!"

E poi la slitta sfreccia nel buio della notte.

„Wow!“, Lukas è entusiasta e ora vuole raccontare tutto ai suoi genitori.

L‘insegnamento di questa storia: il buon comportamento è importante e non solo per i regali di Natale!

20 dicembre: una nuova amicizia

È il periodo natalizio. E poiché questa è la festa della carità, la madre di Julia raccoglie vecchi vestiti. Chiede a parenti e amici e poi porta tutti i vestiti, come pantaloni, magliette e maglioni, a un'organizzazione. Gli abiti vengono distribuiti a chi ne ha bisogno. La madre di Julia ritiene che sia importante sostenere gli altri che sono stati meno fortunati nella vita e che hanno bisogno di aiuto.

Nel mese di dicembre, la donna guarda nel guardaroba della figlia e trova alcuni abiti che vorrebbe donare.

„Julia, puoi venire qui, per favore?", chiede alla figlia.

Julia accorre: „Cosa c'è, mamma?", chiede.

„Ecco, guarda la tua vecchia giacca invernale, vorrei donarla ai bisognosi".

„La mia giacca preferita?", chiede Julia indignata.

„Beh, la tua vecchia giacca. Tanto è appeso nell'armadio. Inoltre, probabilmente non ti sta più bene", spiega la madre.

Julia indossa immediatamente la giacca. Le maniche sono un po' corte, ma la giacca va comunque bene.

„Mamma, voglio tenere la mia giacca. I bisognosi dovrebbero comprarsi le giacche da soli!", risponde Julia con aria di sfida.

„È proprio questo il punto, mia cara. I bisognosi non hanno abbastanza soldi per comprare una giacca così bella. Dovrebbero congelare in inverno?" chiede la madre con le sopracciglia alzate.

„Voglio ancora indossare la mia giacca e non darla via, mamma", insiste Julia.

„Allora ti racconterò una storia su tua nonna. E poi dimmi se vuoi ancora tenere la giacca o se preferisci donarla a chi ne ha davvero bisogno. Dopotutto, io e tuo padre ti abbiamo appena comprato una nuova giacca invernale!".

„Bene", Julia si siede sul letto, facendo segno di voler ascoltare.

„Molti anni fa, quando tua nonna era terribilmente infreddolita e stava per morire di freddo, qualcuno l'ha aiutata. Non era una giacca, ma qualcuno le ha dato una coperta".

„Non aveva la sua coperta?", chiede Julia, con gli occhi spalancati.

„No, è successo subito dopo la fine della guerra. La gente non aveva molto e molti morivano di fame. Quando tua nonna, che allora era ancora una ragazzina, appena più grande di te, stava tremando di freddo per strada, una donna la vide. Questa donna è stata più fortunata e le sue cose sono sopravvissute alla guerra. Così corse da tua nonna e le mise una coperta calda sulle spalle. Prima che tua nonna potesse ringraziarla, la donna era già scomparsa. Questa, mia cara, è la carità ed è questo il senso del Natale".

Julia capisce quello che la madre sta cercando di dirle.

„Riesci a metterti nei panni di tua nonna? E se nessuno l'avesse aiutata? Allora forse io non esisterei e non esisteresti nemmeno tu“, conclude la madre nella sua predica.

Julia va all'armadio, tira fuori la giacca, la porge alla madre e dice: „Non mi serve la giacca, mamma. Puoi darla via“.

Il giorno dopo, la madre di Julia porta i vestiti in beneficenza. Racconta al membro dello staff di quanto sua figlia Julia abbia inizialmente opposto resistenza a donare la sua giacca. E come sia riuscita a cambiare idea alla fine. Il membro del personale ha un'idea.

„So già chi potrebbe usare la giacca“, dice. E aggiunge: „La piccola Marina viene spesso qui con la sua famiglia indossando una giacca molto sottile quando vengono a prendere il cibo che distribuiamo qui. Le chiederò se vuole scrivere qualche riga per sua figlia“.

„Una fantastica idea! Sono sicura che mia figlia ne sarà felice“.

Il giorno seguente, la madre di Julia consegna altri vestiti.

„Aspetta! Ecco una letterina da parte di Marina per tua figlia!“, chiede il personale.

Le consegna il biglietto e le due si salutano.

Quando torna a casa, la madre mostra a Julia la lettera di Marina.

Si legge:

„Cara Julia,

Grazie per la bella e calda giacca che mi hai regalato. Ora non devo più avere freddo in inverno.

Magari possiamo giocare insieme qualche volta? Mi piacciono i cavalli, il calcio e le bambole.

Con affetto - Marina"

La madre di Julia è commossa e anche Julia è molto felice.

„Mamma, sono così felice di aver donato la mia giacca alla fine. Pensi che io e Marina possiamo giocare insieme qualche volta?".

„Certo, tesoro mio, domani andrò di nuovo all'associazione e scoprirò come puoi raggiungere Marina. E poi si organizza l'incontro. Cosa ne pensi?"

„Sì, per favore! Vorrei conoscere Marina", risponde Julia con entusiasmo.

E così accade che Julia trovi una nuova amica. Le due vanno molto d'accordo e sono persino diventate migliori amiche. Si incontrano una volta alla settimana per giocare.

La lezione di questa storia: mettetevi nei panni degli altri, come se foste voi stessi al posto loro. Questa capacità si chiama „empatia".

21 dicembre: Natale negli USA

Lena va a trovare gli zii e le cugine a New York con la madre durante il periodo natalizio. Lì, e in tutti gli Stati Uniti d'America, il Natale viene celebrato in modo diverso rispetto a qui. Lo sa da tempo, ma non l'ha mai sperimentato in prima persona. E non ne aveva molta voglia, ma voleva passare questo Natale a casa come al solito. È stato difficile per sua madre convincerla a visitare la sua famiglia a New York per le vacanze.

Lena è ancora più emozionata. Naturalmente, non solo il Natale è diverso. Rimane stupita quando vede tutti gli enormi grattacieli che spuntano dal terreno nel centro della metropoli. Tutta New York è illuminata da splendide luci.

I suoi parenti, tuttavia, vivono un po' più lontano, in una casa tranquilla. Domani è già il 24 dicembre.

„Domani è finalmente la vigilia di Natale, mamma. Non vedo l'ora di ricevere i regali di Natale!", dice Lena alla madre.

„Beh, tesoro, dovrai aspettare la mattina del 25 dicembre", ride la madre e aggiunge: „Babbo Natale porta i regali qui solo la notte del 24 dicembre. Quindi non già la vigilia di Natale, come a casa".

„È una cosa stupida!", brontola la figlia.

„No, non è così stupido. È solo un po' diverso", corregge sua madre.

Poi, il pomeriggio del 24 dicembre, Lena riceve dalla cugina Lisa una grande calza rossa con un fiocco in cima.

„Lena, la appenderemo sopra la mensola del camino. Santa Claus la riempirà di regali", le spiega Lisa.

„Santa Claus? È questo il nome di Babbo Natale?", chiede alla cugina.

„Sì, è così!"

„Ma Lisa, non puoi farci stare tutti i regali! Sono troppo piccole!" protesta Lena, guardando le calze.

„I regali che non entrano nelle calze Santa Claus li mette accanto. Poi, quando ci sveglieremo il 25 dicembre, saremo felici per i regali!".

La sera, la zia di Lena le porge un piatto con biscotti e pezzi di zucchero e un bicchiere di latte.

„Potresti mettere questo sul tavolo in soggiorno? I biscotti e il latte sono per Babbo Natale e i pezzi di zucchero sono per le renne che trainano la sua slitta."

Lena obbedisce. Pensa che sia fantastico! Naturalmente, Babbo Natale, o come lo chiamano qui, „Santa Claus", deve avere fame quando è fuori tutta la notte.

Poi chiede alla zia: „Non c'è niente di speciale da mangiare oggi?".

„No, ma domani avremo un tacchino delizioso!".

Lena e le sue cugine vanno a letto presto, perché vogliono svegliarsi presto per aprire subito i regali al mattino.

„Lena, svegliati!" sussurra Lisa, spingendo Lena.

„Andiamo ad aprire i regali!".

Lisa non ha bisogno di ripeterlo due volte e Lena è già sveglia. Le due si precipitano al camino e sì, le calze sono piene di grandi regali! E Lisa aveva ragione: i regali troppo grandi per le calze stanno accanto a loro. E infatti Babbo Natale ha bevuto tutto il latte e mangiato tutti i biscotti. Non c'è traccia nemmeno delle zollette di zucchero.

„Sono contenta che a Babbo Natale sia piaciuto!", esclama la zia, che è già in piedi nel soggiorno.

La sera, mentre tutti mangiano insieme il delizioso tacchino, Lena dice soddisfatta alla madre: „Il Natale è super bello ovunque!".

L'insegnamento di questa storia: non chiudersi agli altri costumi, ma essere aperti e tolleranti.

22 dicembre: Babbo Natale è scomparso!

È l'inizio di settembre. È il mese in cui Babbo Natale e i suoi elfi al Polo Nord iniziano a produrre i giocattoli. Se iniziassero più tardi, non riuscirebbero a dare i regali a tutti i bambini a Natale. Gli elfi hanno trascorso una vacanza abbastanza lunga e non vedono l'ora di tornare al lavoro: amano il loro lavoro.

Ma manca qualcuno. Non c'è traccia di Babbo Natale. Naturalmente, non informa gli elfi di ogni suo passo, ma di solito li informa quando non è in giro per più di qualche giorno. Gli elfi si chiedono dove stia e quando tornerà. Ma nessuno conosce la risposta e lentamente iniziano a preoccuparsi.

„Dov'è Babbo Natale?", chiede il folletto Juno al gruppo.

„Non lo sappiamo nemmeno noi! Ma è ora di iniziare a costruire giocattoli!" esclama un altro elfo.

„Come faremo senza Babbo Natale?". I folletti sono in preda al panico e sono molto preoccupati per Babbo Natale da un lato e per finire i regali in tempo dall'altro.

„Siamo rovinati! E i poveri bambini non riceveranno alcun regalo anche se sono stati bravi! Sarebbe la prima volta in assoluto!", si lamentano e si preoccupano sempre di più. L'umore è ai minimi termini.

„Per favore, calmatevi! Ho un piano!" esclama il Babbo Natale Segreto Karl, sicuro di sé, mantenendo la calma. „Per prima cosa, dovremmo cercare Babbo Natale. Per farlo, creeremo delle piccole squadre di ricerca. Una renna e due elfi in groppa a ciascuna, andiamo fuori e cerchiamo il nostro capo in tutto il Polo Nord".

Gli altri folletti annuiscono e concordano: per fortuna uno di loro ha mantenuto il sangue freddo!

„Ma i giocattoli? Non possiamo iniziare senza Babbo Natale!" si preoccupano ancora molti elfi.

„Sì, possiamo! Cercherò le liste dei desideri nella casa di Babbo Natale e così potremo già iniziare! Nel frattempo, formate le squadre di ricerca", aggiunge Karl.

E infatti: poco dopo Karl torna con un'enorme pila di liste di desideri.

„Sono state formate le squadre di ricerca?", chiede.

„Sì, Karl! Tutti sono pronti!".

„Perfetto, allora andiamo! Partiamo, andiamo in tutte le direzioni, cerchiamo e troviamo Babbo Natale. I folletti che stanno qui con me inizieranno a costruire giocattoli. Ce la faremo", dice ai suoi elfi.

Le renne e i loro cavalieri si allontanano e Karl e gli elfi rimasti si dirigono direttamente alla fabbrica di giocattoli. In pratica, conoscono tutte le procedure; dopotutto, lo fanno anno dopo anno. Ma Babbo Natale non è mai stato assente. Karl assegna compiti a tutti gli elfi e dà una mano anche lui. Quando gli elfi si rendono conto di come possono cavarsela senza Babbo Natale - non che farebbero volontariamente a meno del suo aiuto - diventano più sicuri di sé. Sono orgogliosi di loro stessi e di Karl, senza la cui determinazione probabilmente ora si starebbero ancora preoccupando invece di agire.

Ma la preoccupazione per Babbo Natale sta crescendo. Nessuna renna e nessun elfo è ancora tornato. Sono già passati due giorni.

E finalmente, in lontananza si vede una renna che vola piatta sopra la testa. Su di essa siede un uomo alto con una barba bianca arruffata: deve essere Babbo Natale! Gli elfi corrono verso di lui. Il loro capo sembra debole e pallido.

„Caro Babbo Natale segreto", dice con voce tremante. „Mi dispiace tanto!", vuole spiegarsi.

„Che cosa è successo, Babbo Natale? Stai bene?", chiedono in coro i Babbi Natale segreti.

„Sto bene, ma mi sono rotto un piede. Me lo sono storto durante un'escursione. Ma andrà tutto bene! Ora però non ce la faremo a finire i regali in tempo", dice Babbo Natale abbattuto.

„Dovresti riposare". Gli elfi lo portano nel suo letto, gli forniscono una borsa dell'acqua calda, cibo e tè caldo. Poi gli fasciarono il piede.

Il mattino seguente si sente meglio. Ma è ancora preoccupato: sarebbe la prima volta che i bambini non ricevono i regali solo perché lui ha avuto un contrattempo.

„Babbo Natale, vogliamo mostrarti qualcosa. Ce la fai ad arrivare alla fabbrica di giocattoli?", gli chiede il Babbo Natale segreto Karl.

Sostenuto dagli elfi, Babbo Natale si reca a piedi alla fabbrica di giocattoli e non riesce a credere ai suoi occhi. Gli elfi hanno già fatto un ottimo lavoro e molti regali sono già pronti.

„Cari elfi, sono entusiasta! Avete salvato il Natale!", afferma entusiasta Babbo Natale, dando una pacca sulla spalla ai suoi laboriosi aiutanti.

Sono felici per le lodi del loro capo e per la loro diligenza, che ha salvato il Natale. Mi chiedo cosa sarebbe successo se anche l'elfo Karl si fosse disperato.

La lezione di questa storia: invece di disperarsi, pensare e lavorare attivamente a una soluzione. I problemi non possono essere risolti senza fare nulla.

23 dicembre: la stella di Natale

È già il 24 dicembre e mancano poche ore alla vigilia di Natale. L'atmosfera nella casa della famiglia di Sebastian è natalizia, rilassata e accogliente. La famiglia ha decorato tutto insieme. Profuma persino di Natale! La madre di Sebastian è particolarmente felice per la grande Stella di Natale posta in cima all'abete. Ha comprato la stella solo l'altro ieri e non ha badato a spese perché per lei è davvero importante.

Ma poi accade un incidente al piccolo Sebastian. Mentre gioca e si scatena in salotto, scivola e cade contro l'albero di Natale. Alcune palline di Natale e purtroppo anche la costosa Stella di Natale volano sul pavimento. Come se non bastasse, lo sfortunato Sebastian calpesta la Stella di Natale, che si rompe in mille frammenti. Fortunatamente Sebastian non si è fatto male.

„Stai bene?", chiede preoccupata la madre.

Quando vede che non è successo nulla a suo figlio e che non si è tagliato, si arrabbia un po': „Non potevi stare più attento, Sebastian? Quante volte ti ho detto di non correre in salotto?", chiede arrabbiata.

„Ma mamma...", cerca di scusarsi Sebastian.

„Niente, „ma mamma! Ero così felice di aver trovato la Stella di Natale perfetta e ora l'hai rotta!", dice con tristezza e rabbia allo stesso tempo. „Tutti i negozi sono chiusi, dove posso trovare una stella adesso? Per favore, vai in camera tua, Sebastian".

Il figlio obbedisce e si ritira nella sua stanza. È triste per aver fatto arrabbiare sua madre e proprio a Natale. Ma gli viene un'idea. A scuola avevano realizzato delle stelle di Natale di cartone insieme all'insegnante. Emozionato, cerca nello zaino della scuola le istruzioni per l'artigianato che conserva al suo interno. Per fortuna ha ancora il materiale necessario: un cartoncino, una matita dorata, forbici e colla stick.

Poi Sebastian si mette al lavoro e armeggia per tutto il suo valore. È soddisfatto del risultato e spera che la stella piaccia anche a sua madre.

Esce dalla sua stanza e va in salotto.

„Mamma, guarda. Ho fatto una stella di Natale. Mi dispiace tanto di aver rotto quella costosa", si scusa umilmente e presenta la sua stella di Natale autoprodotta. La madre si commuove e si pente di aver rimproverato Sebastian. E a Natale.

„Hai fatto davvero un ottimo lavoro, tesoro mio! È ancora più bella di quella che ho comprato!", lo elogia con orgoglio.

Poi va all'albero di Natale e ci mette sopra la Stella di Natale.

„Ti prego di scusarmi per averti rimproverato prima, Sebastian. Sono così orgogliosa di te!".

I due si abbracciano forte e attendono con ansia i regali.

La lezione di questa storia: le cose non devono necessariamente essere costose per portare gioia.

24 dicembre: Il racconto di Natale

Oltre 2000 anni fa, in una terra dove crescono le palme, regnava l'imperatore Augusto. Era interessato alle persone del suo impero e voleva che fossero contate. Tuttavia, per assicurarsi che nessuno venisse contato due volte involontariamente, pensò a qualcosa. Ordinò ai suoi sudditi di tornare al loro luogo di nascita per fare il censimento.

Così decine di migliaia di persone tornarono in massa nel luogo in cui erano nate. Così come Maria e suo marito Giuseppe. A piedi, con solo un asino per trasportare i loro bagagli, camminarono fino a Betlemme. Quando raggiunsero la città, erano molto esausti e desiderosi di riposare per recuperare le forze. Maria era molto incinta e stava per partorire.

Giuseppe cercò un riparo per farli riposare. Ma poiché a Betlemme erano già arrivate tante altre persone, furono respinti in ogni casa. Nonostante Giuseppe avesse provato tutte le porte, non ebbero successo.

„Per favore, mia moglie è incinta e io voglio solo riposare un po'", chiese Giuseppe, sempre più disperato.

„Qui tutto è già occupato. Dovrà trovare un altro posto dove stare, mi dispiace", fu la risposta che ricevette.

Sempre più esausti, attraversano Betlemme in questa notte fredda e stellata e, afflitti dalla fame e dalla fatica della marcia, arrivano finalmente a una fattoria. E infine, qui furono fortunati. Il contadino permise loro di riposare nella stalla. Certo, avrebbero preferito un letto, ma la stalla era meglio che passare la notte fuori al freddo. Appena in tempo, perché Maria stava per dare alla luce il suo bambino.

A pochi chilometri dalla stalla dove Giuseppe, Maria e il loro asino avevano trovato riparo dal freddo, alcuni pastori vegliavano sulle loro pecore. Si erano riuniti intorno a un fuoco che li proteggeva dal freddo della notte. Poi all'improvviso diventò leggero, anzi leggerissimo. La notte divenne giorno per un breve periodo, tanto da brillare intorno a loro. Ma non c'era solo la luce! Intorno a loro c'era una musica meravigliosa e i pastori non avevano idea da dove provenissero questi suoni meravigliosi. Ma poi un angelo incredibilmente bello apparve davanti a loro. All'inizio i pastori erano spaventati e volevano scappare. Ma poi l'angelo parlò direttamente a loro: „Non abbiate paura, cari pastori", disse l'angelo con voce amichevole. „Sono venuto a darvi una grande notizia. Non lontano da qui, questa notte è nato un bambino molto speciale. Questo bambino giace in una stalla vicina e porterà grandi gioie all'umanità. Raggiungetelo e salutatelo calorosamente", disse l'angelo.

I pastori non se lo fecero ripetere due volte, fecero i loro bagagli con le piccole cose per il neonato e si avviarono verso la stalla. Era importante che portassero almeno dei piccoli doni per questo bambino speciale.

Dopo una passeggiata, videro la stalla di fronte a loro. Bussarono, salutarono e si congratularono con i genitori e guardarono il bambino sorridente.

„Come si chiamerà il piccolo?", chiese uno dei pastori rivolgendosi a Maria.

„Il suo nome è Gesù", rispose Maria con un sorriso gentile sulle labbra.

Poi, all'improvviso, altre tre persone apparvero all'ingresso della stalla ed entrarono. Erano tre re, in visita da una terra lontana. Una stella, che brillava nel cielo, aveva indicato loro la strada per la stalla. Naturalmente, anche i tre re, di nome Gaspare, Melchiorre e Baldassarre, sapevano che Gesù era un bambino molto speciale. Anche loro guardarono e si meravigliarono del piccolo Gesù, proprio come avevano fatto i pastori. Anche Gaspare, Melchiorre e Baldassarre avevano con sé dei doni.

Ed è per questo che oggi, il 24 dicembre, celebriamo il Natale, cioè la nascita di Gesù.

La lezione di questa storia: non chiudete le porte agli altri, siate disponibili.

Printed by Amazon Italia Logistica S.r.l.
Torrazza Piemonte (TO), Italy

53857893R00065